COBALT-SERIES

聖霊狩り

さまよう屍《かばね》

瀬川貴次

集英社

聖霊狩り

さまよう屍《かばね》

目次

飛鳥《あすか》井《い》柊一《しゅういち》
本編の主人公。さまよえる怨霊を鎮めるための組織・御霊部に属している少年。赤い組紐をつけた鈴を駆使して霊的な能力を発揮し、怪事件に挑む。
楠木《くすのき》誠《せい》志郎《しろう》
いわくつきの文化財を発見し収集する組織・ヤミブンのメンバー。レモン色の前髪を持ち、霊的存在への感度が高い。柊一とはいささか非友好的な関係にある。
有田《ありた》克也《かつや》
ヤミブンの一員で誠志郎の先輩。日本人離れした美形だが、シニカルな性格の持ち主。陰陽師の能力を有する。

登場人物紹介

小城《おじろ》美也《みや》
謎めいた雰囲気を持つ美少女。早紀子や萌の同級生で、同じ部に所属する。神霊を呼び出して使役する特殊な能力を持っている。
熊谷《くまがえ》早紀子《さきこ》
柊一が調査に訪れた町で出会った少女。物おじしない性格で、少しばかり口が悪い。萌の妄想に振り回され、なにかと柊一と誠志郎に関わり合う。
吉野《よしの》　萌《もえ》
早紀子の友人。おっとりと清楚な文学少女といった外見だが、ボーイズ・ラブが好きで妄想力はたくましい。

イラスト／星野和夏子

聖霊狩り　さまよう屍《かばね》

第一章　真っ赤な車の

　底抜けに青い空に、量感たっぷりの真っ白な雲がいくつも立ち上がっている。陽射《ひざ》しは厳《きび》しくまぶしいが、真夏の空は見ていて飽《あ》きない。

　飛鳥井《あすかい》柊一《しゅういち》は額の汗を手の甲でぬぐい、視線を空から地上へ転じた。

　ずらりと並んだ灰色の墓石に、乱立する卒塔婆《そとば》。この暑さでぐったりとしおれている花入れの百合《ゆり》や小菊《こぎく》。大地に染みついているかのように濃厚な線香のかおり。限りなく抹香《まっこう》くさい風景である。

　小さな地方都市・安内《あんない》市の北側に位置する、その名も北山《きたやま》霊園。盆《ぼん》も近いのだが、これだけ蒸《む》し暑いとさすがに墓参りに来る者は少ない。強い陽射しに御影石《みかげいし》の墓石はじっくりとあぶられて、陽炎《かげろう》をそこかしこに立ちのぼらせている。石の上でビビンバができあがりそうだ。これなら骨壺《こつぼ》の中もさぞかしぬくかろう、と柊一は苦笑した。

　けして墓参りに来たわけではなかった。この街に親戚《しんせき》がいるでもなく、縁《ゆかり》の人物が眠っているわけでもない。これも仕事。あれから異変はないかと、確認に訪れたのだ。

この北山霊園でサソリの化け物と遭遇《そうぐう》したのは昨日のこと。まだ興奮は冷めやらない。それだけ、とんでもない相手だった。

街のはずれの小さな五郎《ごろう》神社の調査のために派遣《はけん》され、そんな簡単な仕事、すぐに片づくものと柊一も最初はたかをくくっていた。それがどうだろう。五郎神社の宮司《ぐうじ》は巨大なジガバチに襲《おそ》われて命を落とし、そのハチを退治したかと思うと、今度は北山霊園でサソリの発生。サソリと御霊《ごりょう》は関係ないと、別の組織の人間にその始末を押しつけようとしたら、そのサソリが二足歩行の化け物に目の前で変身する始末。

この街は、絶対おかしい。

柊一も、そう認めないわけにはいかなくなった。

夏休みなのに。まだ高校生なのに。御霊部という組織に属している以上、プールでナンパ、ビーチでナンパ、といった楽しい夏はこの先とても送れそうにない。

もっとも、当人は最初からそんなものを望んでなどいなかった。彼は御霊部の一員であることに誇《ほこ》りをいだいていたから。

強すぎる恨《うら》みを抱いて死んだ霊魂《れいこん》は、しばしば強力な祟《たた》りをなす。個人レベルに留まらず、天変地異をひき起こすほどの怨霊《おんりょう》を、人々は御霊と呼んで畏《おそ》れ、神として祀《まつ》りあげた。

その恨みの念が強ければ強いほど、神と崇《あが》めた際の霊力もまた絶大なものになる、とされたのである。いまでさえ学問の神として、全国の受験生の頼みの綱となっている菅原道真《すがわらのみちざね》公も、元を正せば恐ろしい祟り神である。

その御霊が本来の姿に立ち戻って暴走しないよう管理・監督しているのが御霊部。柊一の所属する組織であった。

本来、裏のものではなかったはずの御霊部も、時の流れとともに表立った活動がしにくくなってしまった。仕方なく、一般には知られないよう秘密裏《り》に動いているが、矜持《きょうじ》までは失っていない。

奈良《なら》朝の昔より続いてきた由緒《ゆいしょ》正しさは、ほとんど世襲《せしゅう》制といった状況を生み、なおさら誇りは高くなる。柊一もまだ十六歳ながら、自分の使命はこれしかないと思い定めていた。同い年の連中が気楽に過ごしている姿を見て面白《おもしろ》くなく感じる瞬間がまったくないとは言わないが、それも「自分は連中とは違うんだ」との優越感で充分打ち消せる。

だからこそ、この街での任務は完璧に果《は》たしたい。いろいろ、予想以上に厄介《やっかい》な出来事が持ちあがってはきているが——

ひととおり霊園をめぐり終わり、柊一はとりあえず異常なしと結論づけた。

(念のため、夜にもう一度来てみたほうがいいだろうかな……)

真面目《まじめ》に夜中の霊園探訪を検討していた彼は、ふと周囲がさっきよりも暗くなっていることに気がついた。空を振り仰げば、暗灰色の雲が真夏の太陽を完全に覆《おお》い隠している。眺《なが》めているそばから、ぽつりと頬《ほお》に雨だれが落ちてきた。

ざあっと音を立てて雨が降り出したのは、それからすぐ。南国のスコールにも似た激しい降りように、傘などまったく用意していなかった柊一はあわてて近場の大樹の下に避難した。

「やれやれ……」

濡《ぬ》れた肩をハンカチでぬぐいつつ、彼はため息をついた。激しい雨に周囲の光景がけぶって見える。もともと辛気《しんき》くさかった墓場がさらに暗くなって、もう陽が落ちたのかと錯覚《さっかく》してしまいそうだ。

「雨が降るなんて聞いてないぞ……」

今朝の天気予報を確認もしていないくせに、柊一はそうぼやいた。少し待って、やみそうもなかったら駆け出していこうかと考える。こんな場所で長時間、ひとりでぼうっとしているよりはましのような気がして。

することもなく、周囲を漫然《まんぜん》と見回していた柊一は、ある一点でふと視線を止めた。

雨の中に誰かが立っている。

柊一のように雨宿りなどしていない。叩《たた》きつけるような雨の中、墓石の間にひとりで立ち尽くしているのだ。

視界が悪いし距離もあって、相手の顔立ちなどはまったくわからない。確実に言えるのは男ということと、けして若くはないということぐらいだ。

ふらふらと上体が揺れている。何かを探しているように見えなくもない。かなり痩《や》せているし、恰好《かっこう》もなんとなくだがみすぼらしい感じがする。

場所がもっと都会だったらホームレスだと思っただろう。なんにしろ、この突然の豪雨《ごうう》に逃げ出すでもなく、傘も差さずに墓地を徘徊《はいかい》しているさまはかなり不気味だった。

普通なら見ないふりをして済ませていただろうが、なぜか柊一にはそれができなかった。けぶる雨だれのカーテンのむこうにいる誰かを、もっとよく見ようとして目をすがめてみたりもする。

熱心に向けられる視線に気づいたのか、謎めいた人物の、上体のふらつきがぴたりと止まった。動かなくなったシルエットは不気味な影絵のよう。ポーズを固定したまま小刻みに頭をめぐらせて、柊一のほうへ顔を向け、再び動きを止める。

じっと、見ている。

その瞬間、柊一の左腕全面にびっしりと鳥肌が立った。

寒いからでも、風邪《かぜ》のひき始めでもない。見られているから、相手に存在を気づかれたからだ。

(これほど妙な感覚を引き起こす相手って、いったい……?)

ざわつく肌をさすり、ほんのつかの間《ま》、柊一は目をそらした。すぐにまた視線をもとへ戻したが、そのときにはもう人影は同じ場所にはいなかった。見回してみても、みつからない。激しい雨音と周囲の薄暗さが邪魔《じゃま》をしている。

（それとも）

もしかして、自分はいま、見てはならないものを見てしまったのだろうか。幽霊だったらまだいいが、もっともっとイヤなものを――

柊一はまだ鳥肌のひかない腕をさすりながら、打ち消せない不吉な予感に、われ知らず低いうめき声を洩《も》らしていた。

安内市に激しい雨が降り出す少し前――

楠木誠志郎《くすのきせいしろう》はひとり、森の中にいた。

『入《い》らずの森』と呼ばれる場所だ。街のほぼ中央に位置し、県立舟山《ふねやま》高校のグラウンドに深く食いこむ形で広がっている。

この森がほぼ手つかずの状態で残っているのにはわけがあった。幽霊が出る、潰《つぶ》せば祟りがある、との噂《うわさ》が昔から根強く伝えられてきたせいである。

こんな無用な地は潰してグラウンドを拡張しようとの計画は、それこそいままでに何度も持ち上がったが、いまだ実現されてはいない。つい最近も、そんな計画が流れたばかり。もちろん、理由は森の周辺――おもに高校内で不可解な出来事が頻発《ひんぱつ》したためである。

まるでその噂に箔《はく》をつけるかのように、つい最近、森の地下から中世の遺構が発見された。

人骨も数多くみつかったと聞いて、多くの人々が「なるほど、あそこなら」と納得したものである。

しかし、森の地下で具体的にどういうものがみつかったのか、事実を正しく把握《はあく》している者は少ない。

誠志郎のすぐそばに立っている大きな木の根もとに、崩《くず》れた石の祠《ほこら》が放置されていた。誰が造ったのか、何を祀《まつ》っていたのか、長いこと知られずにいた古い祠。その天井部に刻まれた十字のしるしも、いままで気に留める者はいなかっただろう。

四百年以上昔、ここにはキリスト教寺院が建っていた。この地を治めていた城主が、舶来《はくらい》文化の目新しい教えにはまって手厚い庇護《ひご》を与えたために、一時はかなりの信者を集めたらしいが、禁教令が出されるや否《いな》や、ミーハー城主はあっさり棄教《ききょう》。体制側について、改宗に応じぬ信者たちを迫害した。彼らを寺院に押しこめ、火を放ったのである——

この森はそんな呪《のろ》われた歴史を呑《の》みこみ、数多《あまた》の死体を埋めた大地に根を張り、枝を繁《しげ》らせている。

そして、森の地下にはさらなる秘密が眠っていた。地下霊廟《カタコンベ》だ。

誠志郎はそのカタコンベへの出入り口になった、地面にぽっかり空《あ》いた穴から這《は》い出してきたばかりだった。

文部科学省の文化庁文化財保護部特殊文化財課——通称・ヤミブンのメンバーとして、彼はホープダイヤのように呪術的な害悪を人々にもたらす物品の管理・収集を任務としている。この小さな地方都市に来たのも、『入らずの森』のカタコンベが彼らの扱《あつか》うべき対象になるかどうか調査するため。

あらかたの調査が終わり、もうこの街から引き上げようという段になって、誠志郎は最後にもう一度と、軽い気持ちでカタコンベの中を覗いたのだった。

その顔はひきつっている。仕事をひとつ終えて、ほっとした表情では、絶対にない。

彼は服についた土をはらうのも忘れて、あわただしく綿パンの尻《しり》ポケットから携帯電話を取り出した。いちばん頻繁《ひんぱん》に使う番号を押して耳を近づけ、次の瞬間、鼓膜《こまく》が破れそうなほど強烈な雑音に顔をしかめる。

「ちえっ、忘れてた」

磁場でも狂っているのか、『入らずの森』では携帯電話が一切使えないのだ。用を成さない機械をポケットに戻して、誠志郎は高校の校舎へと駆けこんだ。

正面玄関から入ると、もはや顔なじみになった受付の職員に軽く会釈《えしゃく》し、公衆電話へと駆け寄る。カードの残量を気にしつつ押した市外局番は、東京の０３。霞ヶ関《かすみがせき》の文部科学省内にある、ヤミブンの本拠地の番号だ。

「もしもし？　あ、楠木です」

電話に出たのは上司なのだろう、誠志郎の言葉遣《づか》いは丁寧《ていねい》だった。が、気持ちのあせりは隠しおおせていない。

「あの、すみません。今日、そっちに戻る予定だったんですけど、ちょっと厄介《やっかい》なことが起こったみたいなんで、もうしばらくこの街に——あ？　はい。はい。はああ？」

誠志郎の声が跳《は》ね上がり、それを聞きつけた受付職員が何事かと彼のほうへ視線を向けた。それにはたと気づいた誠志郎は、受付側に背中を向けて声をひそめた。それでも、口調の切迫さは変えようがない。

「そんなこと、聞いてませんよぉ！　なんで、あいつが来るんですかぁ！」

いやでいやでたまらないといったふうに顔をしかめ、誠志郎は前髪を掻《か》きむしった。ひとふさだけレモン・イエローに染まった色変わりの髪が、彼の気持ちそのままに、くしゃくしゃに乱れる。

「だって、やつは今回の仕事と関係ないでしょう？　別のこと、別の場所でやってたんでしょう？　は？　もう、片づいた？　どうせ近くだから、迎えに寄る？　嘘だ、嘘だ。あいつがそんなこと、言うはずがない！」

じたばたと駄々《だだ》っ子《こ》のように足踏みしたところで、いまさらどうしようもないと、誠志郎とてわかっている。それでも、やらずにはいられない。

「いや、でも、あの、そんな、待ってください。こっちはそんな……えっ……助《すけ》っ人《と》なんて、いりませんよ！　どうせ派遣するなら、何もあいつじゃなくても！　第一、文化庁の役人らしくないでしょ、あいつは」

それを言うなら、二十一歳の誠志郎も年より幼《おさな》く見えるし、まったく文部省の人間らしくない。ここではヤミブンの名は秘め、学校関係者には遺跡を調査に来た文化庁の人間だとだけ告げているが、舟山高校の教職員などから「お若いんですねえ」としょっちゅう不審《ふしん》そうに言われている。色変わりの前髪のせいもあるだろうが、これぱっかりは本人にもどうしようもないのだ。

「ですから……だから、あの、あのですねえ……」

どれほど言葉を重ねようと、事態は変わりそうにない。

「わかりました……わかりましたよ！　えっと、実はそれどころじゃなくて——は？　客が来たぁ？　ちょっと待ってくださいってばぁ！」

電話の相手は待ってくれなかった。一方的に回線は切れ、受話器を下ろした誠志郎は、片手で顔を覆《おお》って深いため息をついた。

「どうしてこんなときに、やつが……」

困ったときに、いちばん来て欲しくない相手が来る。めぐり合わせの素晴《すば》らしさに、彼は心底げんなりしていた。

しばし、わが身の不幸を静かに嘆《なげ》いていたが、何気《なにげ》なく気配《けはい》を感じ、彼は指の隙間から視線を上げた。その先に、ガラス戸越しに興味津々《しんしん》で覗《のぞ》きこんでいる職員の顔があった。禿《は》げあがった、ひとのよさそうなおじさんである。

「どうかしたんですか?」

「いいえ、別に。どうぞ、気になさらずに」

誠志郎はさりげなく流してごまかそうとしたが、相手はガラス戸をあけて顔を出してきた。

「あんた、『入らずの森』を調べてるひとでしょ? 文化庁から派遣されてきた」

「はい、そうですよ」

文化庁のどの部署かはともかく、けして嘘はついていない。

「何かトラブルでもあったの?」

大ありだが、正直に打ち明けたりなど、もちろんできない。

「いいえ。まあ……予定よりちょっと、調査に手間がかかりそうですけどね、学校のかたがたにご迷惑はかけませんから」

誠志郎の張った予防線に対し、職員は心得顔で何度もうなずいた。

「別に文句をつけようっていうんじゃないんだよ。あそこは気持ち悪いところだからねえ。調査している間にもいろいろあったんじゃないのかい?」

「いいえ、特に。ぼくは霊感なんて、まったくないですからねえ」

事実とは正反対のことを言い、誠志郎は笑ってみせた。心の中ではちょっと泣いていたりもする。

「まあ、怪談まがいの噂はいろいろあるそうですね。ここの在校生からも聞きましたけど」

「噂じゃないんだよ」

職員は眉間《みけん》に皺《しわ》を寄せて断言した。

「変なうめき声が聞こえてきたりとか、この学校にはいろいろあって。わたしも最初はよくある学校の怪談だと思ってたんだけどねえ。昨日の夜ね、わたし、この耳でとうとう聞いちゃったんだよ」

むこうはその話を誰かに聞かせたくてうずうずしていたらしい。誠志郎が「何をですか？」と先を促《うなが》せば、嬉々《きき》として話し出す。

「わたし、冷房が苦手でねえ。それで、昨日の夜、自然の風を入れようと思って窓をあけてたら、風に乗って外から変な歌声が聞こえてきたんだよ。日本語じゃなかったな。かといって英語でもなくて全然なじみのない、どっか別の国の歌みたいなんだよ。それで明るい歌だったんならいいよ。酔っぱらいが歌いながら近くを歩いてるのかなで済ませてしまえるじゃない。なのに、それがもう、陰々滅々《いんいんめつめつ》な節回しで。やだなぁと思ったねえ。不審者が校内に入りこんでいたら問題だから、見に行かなくちゃならないんだけど、聞こえてくる方角が『入らずの森』だって気づいた途端に足がすくんじゃって。駄目《だめ》だよ、あそこは。夜なんか、とてもじゃないけど近づけないいね」

夜の『入らずの森』から聞こえてきた異国の歌――

「それって何時ごろでした？」

「さあ。九時かな。九時半かな。もう少し遅かったかもしれないけど」

「なるほど」

誠志郎は低くうなって目をつぶった。

かなり大雑把《おおざっぱ》ではあるが、それは北山霊園で柊一が召喚《しょうかん》の詠唱《えいしょう》を高らかに行い、化け物と格闘した頃だった。


冷房の利いたコンビニから一歩外に出た途端、むっとした熱気がまとわりつく。立ち読みで店内に長居し冷えた身体《からだ》には、これが心地よかったりもするが、それももちろんいっときのこと。

「ぐわっ」

熊谷早紀子《くまがえさきこ》はまばゆい陽射しに顔をしかめ、潰《つぶ》れたカエルのような声を発して、おのれの不快感を表明した。

「日陰。日陰歩こう、萌《もえ》ちゃん」

コンビニのビニール袋を下げていっしょに店から出てきた吉野《よしの》萌も、暑さにうんざりした顔でうなずく。

「うん。アイス、溶けちゃうもんね」

反対側の歩道へ渡れば、そこには森から張り出した幾本もの枝が濃い影を落としている。行きかう車や冷房の室外機などで熱せられた街の空気を、繁る緑と土が鎮《しず》めている。その豊富な緑は公園ではなく、早紀子たちの通う舟山高校の敷地のもの——『入らずの森』であった。

早紀子と萌は祟りの噂のある森に、恐れ気もなく踏みこんでいった。舟山高校の在校生である彼女らが、森の噂を知らないはずもない。それどころか、この森の血塗《ちぬ》られた歴史や、地下から発見されたのがミイラや人骨が山と積まれたカタコンベであることも知っている。ここでとても危険な目に遭《あ》ったこともある。

だが、土地の怪異と向かい合おうとしている心強い存在があることも、彼女たちは知っていた。だからこそ、関係者以外立ち入り禁止のロープをかいくぐり、ふたりは平気で奥へと進んでいく。たどり着いたのは、古い祠が放置してある木の根もと。足もとにぽっかり空いた大穴に向かい、「せいの」で声をそろえて呼びかける。

「楠木さーん」

返事はない。繰り返し呼んでも何の応答もなく、早紀子と萌は困惑した顔を見合わせた。

「いないみたい」

「東京に戻ったのかしら」

「まさか、そんな」

まだ何も解決していない。そんな気が早紀子はしたのだが、考えてみればヤミブンの任務は呪力《じゅりょく》のこもった物品の調査と回収。カタコンベの調査が終わり、問題なしとみなしたのならヤミブンはすぐさまこの街から撤退《てったい》するだろう。

「うん、帰っちゃったのかもしれないね……」

橋の下で捨て犬をみつけ毎日餌《えさ》を運んでいたのに、それがある日突然いなくなっていたような喪失感《そうしつかん》を、早紀子はしみじみと味わっていた。萌もそうなのだろうと思いきや、彼女の場合、似ているようで少し違っていた。

「残念だわ。わたしにとって、楠木さんは理想的な受けキャラだったのに」

邪《よこしま》なつぶやきに、早紀子はがくんと前のめりになる。

「萌ちゃん……」

「なぁに？」

にっこりと微笑《ほほえ》み返す友人は、長い髪を三つ編みにした清楚《せいそ》な少女。ワンピース姿も涼しげで、いかにもおとなしそう、優しそう。確かに、印象どおりに数々の美点を備えた、いまどき珍《めずら》しいくらい、真面目《まじめ》な娘《こ》だ。趣味も陶芸だったり、お菓子作りだったりと申し分ない。いわゆる、お嫁さんにしたいタイプである。

ただひとつ——熱中しすぎて困った嗜好《しこう》が彼女にはあった。男同士の恋愛を扱った、ボーイズ・ラブなるジャンルの小説や漫画が大好きなことだ。

フィクションの世界で楽しむのならまだいい。萌の場合、世の男性すべてを〈攻め〉と〈受け〉の二元論で分類し、男性がふたり並べばそれはすなわち恋人同士と断言してはばからない。

そこへ現れた、御霊部の飛鳥井柊一とヤミブンの楠木誠志郎——ともに特殊な能力を秘め、怪《あや》しいものと闘う彼ら（正確に言うと闘っているわけではないのだが、一般人の早紀子たちにはそう見える）。

萌の妄想《もうそう》の恰好《かっこう》の餌食《えじき》に、彼らがならないはずがない。お下げ髪の頭の中で、どれほど濃厚で濃密で華麗な妄想が展開されたことか。その細かな経緯《いきさつ》を知るのは、いまのところ、早紀子だけだ。

（楠木さんが、この忌《い》まわしい事実を知らないまま街を去ったのは、やっぱり幸福なことなのよね）

早紀子は生《なま》ぬるいまなざしで友人を見守りつつ、そう思った。

「とりあえず、部室に行こうよ。萌ちゃん、絵コンテのノート、持ってきたんでしょ？」

「うん。やっぱり、家より部室のほうが作業は進むもんね。あそこは暑いのが難点だけど」

ふたりは漫画研究会、略して漫研に所属している。部室ばかりを集めたぼろい平屋の、いちばん奥が漫研用の部屋だ。いまは夏休み期間中で、体育系クラブと違って練習などもなく、登校する必要はまったくないにもかかわらず、彼女らはなんとなく部室で時をすごしている。

誠志郎がいれば差し入れてやろうと思っていたコンビニの袋をぶら下げ、彼女たちは森を出た。グラウンドの端を通り、部室長屋の玄関へ向かっていたとき、車の排気音が聞こえてきたので、無意識のうちにそちらへ視線を向ける。

ふたりは同時に足を止めた。見慣れないもの——真っ赤なオープンカーが、舟山高校に入ってきたからだ。こんな田舎《いなか》ではまずお目にかかれないタイプの車だ。

派手《はで》な車は来客用の駐車スペースに停《と》まった。運転席から、麻のジャケットを着た男が降りてくる。彼は一度だけ灰色の校舎を振り仰ぐと、正面玄関ではなくグラウンドのほう、早紀子たちのいるほうへ歩き出した。

この街の人間ではない、と早紀子は即座に断定した。こんな美形がこんな小さな街に住んでいたら、絶対、周囲の話題になっているはずだから。

日本人離れした彫りの深さ。背も高い。年は二十代の半《なか》ばから後半にかけて。髪は短めだが、自然なウェーブがわからないほど短すぎもしない。彼は呆然《ぼうぜん》と立ち尽くしている女の子ふたりには目もくれず、大またでグラウンドを横切って『入らずの森』へと入っていく。

どうして森へ？　そう訊《き》きたかったのに、なんとなく彼のまとう雰囲気が他人の接近を拒否しているような気がして、早紀子は何も言えず、森の奥に消えていく後ろ姿を見送るしかなかった。

ややあって、ほうっとため息をつきつつ、隣の萌を振り返る。

うつ

「萌ちゃ……」

早紀子は言葉を途中でひっこめた。友人の表情が、こちらもある意味、声をかけるのをはばかられるほど陶酔《とうすい》しきっていたからだ。もちろん、目尻《めじり》は激しく波打っている。萌の妄想が膨《ふく》らみつつある証拠だった。

「あのひと……誰かしら」

そうつぶやいたかと思うと、萌はふらふらと車のほうへ歩いていく。美形を追って森へ入らなかっただけましだろうか。彼の発していた近寄りがたい雰囲気を、萌も感じていたのかもしれない。

高校の駐車場に場違いなオープンカー。その傍《かたわ》らに立った萌は、感激して身を震わせた。

「オープンカーよ、オープンカーよ。それも真っ赤。Hのマークがついてるってことはホンダ？　これって、すごくかっこよくない？」

「うんうんうん」

確かにかっこいい。その点は早紀子も認めた。だが、

「ふたつしか座席がないわ！　ふたりだけの世界に誰も入ってくるなってことね！」

そこまで言われると同意しにくい。

「ううむ……。萌ちゃん、訊《き》くまでもないことだろうけど、そのふたりだけの世界ってのは……いや、いい」

聞くと長くなる。この陽射しの下で延々《えんえん》と、脳が煮えそうな話を拝聴《はいちょう》するのはつらい。

「とにかくさ、アイスが溶けちゃうから、早く部室に行こうよ」

「アイス？　あ、そうだったわね。忘れてたわ」

意外にあっさりと、萌は車のそばから離れた。もしもアイスを買っていなかったら、こう簡単にはいかなかったはずだと、長いつき合いであるがゆえに早紀子にはよくわかっていた。


電話連絡をし終え、舟山高校の正面玄関から外に出た誠志郎は、えらく目立つ車が駐車スペースに停まっていることにすぐ気づいて立ち尽くした。こめかみをたらりと流れる汗は、暑さのせいだけとも言えない。

「もう来たのか……」

見回しても車の持ち主の姿は見当たらない。ということは『入らずの森』へ直接入っていったのだろうと見当をつけて、誠志郎も森へと急ぐ。

張りめぐらした関係者以外立ち入り禁止のロープをかいくぐり、木の根もとの大穴を覗きこむと、中でちらちらと光が動いているのが見えた。懐中電灯の光だ。

「やっぱり」

逢《あ》いたくない。しかし、そうも言っていられない。

観念して、梯子《はしご》を伝って穴の中に降りる。下の床に足を下ろした途端、顔に直接光を向けられて、誠志郎はまぶしさに顔をしかめた。

「やめろよ、アリ」

抗議すると、光はすぐに脇《わき》へとそれた。が、懐中電灯を手にした人物は謝るどころか、ぶっきらぼうな口調で、

「どういうことか説明してもらおうか」

そう言ったのは、赤いオープンカーで舟山高校に乗りつけた若い男――ヤミブンのメンバーのひとり、有田克也《ありたかつや》だった。

腕組みして立っている克也の背後の壁面には、ずらりと骨が並んでいる。すべて人骨だ。整然と美しく配置された髑髏《どくろ》、大腿骨《だいたいこつ》、胸骨《きょうこつ》とあらゆるパーツがそこにある。骨で造られたインテリアだ。

奇異な印象を受ける者も多いだろうが、これも信仰心のなせるわざ。イタリアでもこのような骨を積み上げたカタコンベがいくつかあり、主要な観光名所になっている。

「説明も何も、ご覧《らん》のとおりだよ」

誠志郎は投げやりに言って、両手を大きく広げた。

「この街を出る前にもう一回最終確認って思って、さっき覗いたら、この状態だった。あるのは骨だけで――ここにあったミイラが全部、消えていた」

『入らずの森』のカタコンベには、大量の人骨インテリアの他に、五体のミイラが安置されていた。それが忽然《こつぜん》と消え失《う》せていたのである。

「で、その五体のミイラはいま、どこに？」

誠志郎はふてくされた子供のようにそっぽを向いた。

「知らない」

「知らない？」

克也は片方の眉を上げて、意地悪そうな表情を作った。そういう顔がこの男にはよく似合う。似合うだけに見ているほうは余計腹立たしい。

「ちょっと目を離した隙に、ミイラがてくてく歩いていったとでも？」

「本当に知らないんだよ！　こっちだって、いま気づいたばかりなんだ。連中が自発的に家出したのか、誰かに盗まれたのかなんて、わかるわけないだろうが」

「盗まれた？　財宝ざくざくのピラミッドのミイラが盗まれたなら話もわかるが、こんな田舎の、それもまだ公《おおやけ》にしていないミイラを誰が盗む？」

「そりゃあ、ここにミイラがいたことを知ってるやつ自体、少な……」

言いかけて、誠志郎は口を押さえた。まさか、と思いつつも、頭に浮かんだ名称を声に出す。

「御霊部……？」

「そうか。やつらとこの街でバッティングしてるんだったな」

「でも、ミイラを五体も盗む暇《ひま》も、必要も、やつらには――」

克也はわずかに語気を強めて言った。

「あいつらなら、やりかねん」

御霊部は御霊を、ヤミブンは呪力のある品物を扱うのが役目。互いに境界線を設け、干渉しあわないようしているが、けして意識していないわけではない。現場でかち合おうものなら、微妙な火花が両者の間に飛び交う。

「たぶん、違うよ」

誠志郎は疲れた表情で否定した。

「まったく可能性がないとも言わないけど、ミイラがてくてく歩いていったってほうがあり得るかも。学校の職員が昨日の夜、聞いたんだってさ、変な調べの合唱を。ついでに森を歩く人影も目撃したとか――この街は、絶対、何か変だ」

「御霊部がうろついているような街だからな。霞ヶ関のほうに連絡は？」

「いま、電話してきたところ。ここは携帯電話、使えなくって。全然通じないんだ。ま、心霊スポットで電気機器がおかしくなるってのはよくある話だけど」

説明しているそばから、克也は自分の携帯電話を取り出した。誠志郎の話を信じていないのがありありと表に出ている。

思う。

「なるほど」

事実を確認してから、克也は携帯をしまった。相変わらず嫌味なやつ、と誠志郎は苦々しく

まだ大学在学中で、バイト扱いの誠志郎とは違い、克也は公務員試験をクリアしたヤミブンの正職員。キャリアも何年も先を行く先輩である。能力はもちろん高いし、尊敬すべき相手ではあるが――この態度ではそんな殊勝《しゅしょう》な気持ちになどとてもなれない。

「ミイラが散歩中、という可能性も視野に入れて、その妖怪アンテナで連中の行き先を探れないのか？」

「あのなぁ」

誠志郎は苦虫を嚙《か》み潰したような顔をして、自分のレモン色のひとふさに触った。

「これはそういう失《う》せもの探しはできないんだよ。わかってるくせに」

レモン色の前髪は、誠志郎が中学生のとき、ふざけて染めてそれっきり落ちなくなってしまったものだ。それと同時に霊感が発達し、彼はその能力を買われてヤミブンの仲間入りをすることになった。いわば、能力者であることを示す聖痕《スティグマ》。これを得たことが幸運か不運か、本人にもまだ判断できないでいる。

「失せもの探しなら飛鳥井に頼めよ。あの鈴で、『ここ掘れ、わんわん』ならぬ『ここ掘れ、りんりん』ってやってもらって――ん？」

誠志郎は途中で言葉を切った。外から、突然、激しい雨音が聞こえてきたからだった。

激しい雨音に驚いた早紀子は、部室の窓を振り返った。風を通そうと全開にしていた窓のむこうはどしゃ降りの雨。それが部室内に吹きこんで床を濡《ぬ》らしていく。

早紀子はあわてて窓を閉め、友人の萌を振り返った。

「どうしよう、すごい降りになっちゃってるよ。萌ちゃん、傘、持ってきてた?」

折り畳み椅子《いす》にすわって緑茶をすすっていた萌は、首を横に振って、にっこり笑った。

「持ってきてないけど、どうせすぐにやむわよ。気にしない、気にしない」

長方形のデスクに上にはスナック菓子の袋といっしょに、消しゴムのカスやペン軸が散乱している。コンビニで買ってきたアイスはすでにない。ふたりの胃の腑《ふ》にすべておさまってしまった。

「そんなことより、スポーツカーよ、スポーツカー。真っ赤なスポーツカー、しかもオープンカー!」

よほど印象深かったのだろう。萌は熱に浮かされたように幾度も繰り返し、無地のノートに若い男の顔を描きこんでいた。微《かす》かに波打った黒髪、ややきつめの容貌《ようぼう》——少女漫画風にデフォルメがなされていたが、絵のモデルは真っ赤な車で乗りつけてきた男に間違いなかった。

早紀子は自分の下敷きで首すじを扇《あお》ぎながら、口をへの字に曲げた。

「今日はコピー誌用の原稿を描きに来たんじゃなかったのかな？　それは何？　新キャラ？」

「うん！　やっぱり、アクションものには美形悪役が必要じゃない？」

「美形である必要はあるのかなぁ。いかにも悪役って感じの脂《あぶら》ぎったおやじキャラでもいいんじゃない？」

「おやじを描くより美形を描くほうが楽しいわ」

「はいはいはい。確かにそのとおりでした」

早紀子も趣味で漫画を描いている身だ。無理していやなものを描くより、好《この》みの美形をこそいっぱい描きたいとの萌の主張はよく理解できる。それに、いま彼女はこれほどまでにやる気になっているのだ。漫研の部長として、部員の創作意欲を殺《そ》ぐようなことをしてはならないと早紀子は密《ひそ》かに自分を戒《いまし》めた。

もっとも、そんな心配は必要なさそうだった。外野に何を言われようとも気にも止めず、目尻を波打たせ、本当に嬉しそうに萌はシャーペンで線を重ねていく。その手が不意に止まった。

「あっ！」

突然の大声に、早紀子がびくっと肩を緊張させた。

「な、なんなの？」

「オープンカーなのよ、早紀ちゃん！」

両手を机について、萌は勢いよく立ち上がった。

「この大雨なら、あの美形さん、きっと車に戻ってくるわ！」

言うが早いか、部室を飛び出していく。早紀子も友人のあとを追った。

「ちょっと、萌ちゃん！　あんた、傘もなしじゃズブ濡れになっちゃうでしょうが!!」

L字形の廊下を激しい雨音に負けないくらいドタバタと走る。玄関口でいきなり立ち止まった萌の背に、早紀子は危うくぶつかりそうになった。

「萌ちゃん？」

雨の勢いを前にして冷静になったのかと思いきや、側面から覗きこんだ友の表情は、完全に夢の世界へトリップしたものだった。瞳の中に無数の星をたたえ、組んだ両手を胸に押し当てている。その視線の先には、『入らずの森』から駆け出してきた人影ふたつ。背が高くて白っぽいジャケットを着たのは、あの美形。その後ろの小柄な若者は前髪がひとふさレモン色だった。距離があろうと、あれほど目立つ特徴を見誤ったりしない。

早紀子はいぶかしげにつぶやいた。

「楠木さん……？　ってことは、あの美形もヤミブンのメンバーなのかな」

自分で口にしてから、なるほどなと彼女は納得した。

「そうだよね。『入らずの森』にまっすぐ入っていったし。まだ調査は続けてるんだ。サソリの化け物とか出た直後なんだし、ヤミブンもそんな簡単には引き上げたりできないってことなのかな」

思ったことをそのままつぶやいていた早紀子の横で、萌がはあっと特大の息を吐いた。

「素敵……」

「はい？　何が素敵？」

「楠木さんがよ」

情感をたっぷりとこめて、萌は答えた。知らない者が聞いたら、彼女の想い人は誠志郎かと方向違いの推測にはまっていたかもしれない。しかし、そんな早とちりは次のつぶやきですぐに打ち消されるだろう。

「飛鳥井くんというスウィート・ハートがいながら、あんな特上美形とまで……。さすがは天性の受け、魔性の男ね。侮《あなど》れないわ」

「……いや、あの、そういう相手かどうか、まだ決まったわけでは……」

「決まってるに決まってるじゃないの！」

その日本語はどうかと、と突っこみたくなるような台詞《せりふ》を、萌は力強く言い放った。

「あんなにきれいで、意地悪そうで、赤いスポーツカーに乗るような男のひとが、受けキャラの楠木さんをほっておくはずがないわ！」

「そうなんですか」

「そうなのよ」

根拠はどこに、と訊くまでもない。すべては萌の頭の中にある。

「こうしちゃいられないわ。楠木さんの浮気をぜひとも飛鳥井くんに教えてあげなくっちゃね」

「そんな、五十万歩譲《ゆず》って、楠木さんとあの美形が特別な関係だったとしても、浮気ってまだ決まったわけじゃなし。それに、あえて波風立てるようなことしなくっても」

いちおう止めはしたが、この友人が素直に忠告に従うはずもないと、哀《かな》しいかな、早紀子にはもうわかりきっている。

「――だから、せめて雨がやんでからにしようよ」

「うん、そうね」

この提案には萌も素直に同意し、目尻を波打たせて真っ暗な空を見上げる。

「ふふっ。雨に濡れたふたりは…『このままでは風邪《かぜ》をひく。温め合わなくては！』と……ふふっ、王道よね」

当人が言うとおりあまりに王道すぎて、早紀子は黙って聞き流した。

突然の雨は三十分ほどであがり、その後は夏の熱気を和らげる夕暮れの風が涼しげに吹くようになった。空気も洗われて、五郎神社の緑の香りがいっそうあざやかに感じられる。

北山霊園から戻ってきた柊一は、社務所《しゃむしょ》のドアの鍵《かぎ》をあけようとして、その手を途中で止めた。拝殿の中から鈴の音が聞こえてきたからだった。

清冽《せいれつ》なその音色に引き寄せられるように、柊一は拝殿へと足を向けた。相手に気取られぬよう足音を忍ばせ歩いていると、突然、別の小さな音が身近で響いた。拝殿からの音とは異なるが、それも鈴の音だ。

柊一がすかさずジーンズのポケットを押さえると、その小さな音はぴたりとやんだ。

ごそごそとポケットに手をつっこみ、中身を引っぱり出す。柊一の手には真っ赤な組み紐《ひも》が幾重にも巻かれていた。その組み紐には複数の鈴が結びつけられている。さきほどの音は、これがたてたものだった。

いかにも古そうな鈴――それが、御霊部の飛鳥井柊一が操る呪具《じゅぐ》である。

柊一はポケットに鈴をしまい直し、ほんの数段の階《きざはし》を登った。いちばん上の段には女物のサンダルが一足、置かれている。柊一もその横に靴を脱ぎ置いて、拝殿にあがった。

夕暮れの光は中にまでは届いておらず薄暗い。その中で、若い女がひとり、すっと背すじを伸ばして立っている。

肩をすぎて流れるつややかな黒髪。無表情ながら、驚くほど整った容貌。白い綿シャツに白いジーンズ――ごく普通の恰好なのに、白一色でまとめているせいなのか、場所のせいなのか、荘厳《そうごん》な雰囲気が漂《ただよ》う。

おそらく、彼女が手にした巫女《みこ》舞い用の神楽《かぐら》鈴のせいもあったろう。右手で柄《つか》の部分を、柄の先から下がった五色の布を左手で持ち、拝殿の薄暗がりに立ち尽くしている彼女は、まさしく神に仕える乙女子《おとめご》であった。

柊一は相手の放つ奇妙な存在感に圧倒されそうになりながら、彼女の名を呼んだ。

「小城《おじろ》さん――」

「巫女舞いの練習、してたんだ」

彼女、小城美也《みや》は掲《かか》げていた鈴を静かに降ろすと、冷ややかな視線を柊一に投げてよこした。この状況を見ればわかるだろうと言っているような、愛想のかけらもないまなざしだった。

大人びた雰囲気を漂わせているが、彼女はこれでも柊一と同じ高校二年生だ。今年の秋の五郎神社での祭礼に、巫女舞いを務《つと》めることになっている。その練習をしにやって来たのだろうが……。

舞いのことはよく知らない柊一ではあるが、見たところ、頻繁《ひんぱん》に練習しなくてはならないほど高度なものが要求されているようには思えない。鈴を手にして振りながら、ゆっくりと拝殿の中を歩いているだけである。まして、美也ほどの美女が巫女装束を身にまとい、きらきらと輝く金色の冠を頭上に載せて鈴をひと振りすれば、それだけで神も観衆も魅了《みりょう》されてしまうだ

ろう。

「熱心だね。秋祭りまでは間があるし、そんなに練習しに来るほど難しい舞いだとも思えないんだけど」

柊一が思ったことを正直に発言しても、美也は黙っている。説明する必要なし、とでもみなしているかのように。

まあ、いいけど。と、柊一は思った。

彼女がとっつきにくいのは、いまに始まったことでもない。初対面のときから、何を考えているのか、まったくわからない謎の相手だった。

だからといって無視もできない。そうするには彼女は特殊すぎた。何も容姿や雰囲気だけの話ではない。

「あのさ、今日、北山霊園に行ってきたんだ」

美也は視線をそらして、神楽鈴を軽く振る。なんの関心もなさそうだ。彼女もあの霊園でサソリの怪異に遭遇《そうぐう》しているというのに忘れてしまったのか。

反応の薄さに落胆しつつも、柊一は先を続けた。

「静かなもんだったよ。保健所の駆除も入ったらしいし、サソリ、あらかた退治されちゃったんじゃないかな。騒ぎにならなかったところを見ると、ぼくらが遭遇したとんでもなくでかい化け物級のやつは、いなかったみたいだね。なにしろ、すでにきみが神霊を操って大部分を片づけてしまってたわけだし」

美也の表情に変化はない。しゃん――と神楽鈴が小さく鳴っただけ。

「きみのあの能力――神霊を呼び出して、その力を使わせるってのは、いったいどこで会得したんだ？」

美也は小首を傾げて顔を向けた。

「あなたは？　その鈴はどこで手に入れたわけ？」

柊一がポケットに隠し持っている古鈴のことを言っているのだ。

「これは……ぼくのうちに古くから伝わっているものだよ」

いまさら隠していても仕方ない。なにしろ、柊一は美也と共鳴までしてしまったのだから。彼自身、特殊な能力を有していることはバレているはずだ。むしろ、すべてを明かしてしまったほうが面倒くさくなくていい。

「こうなったら、正直に言うけれど、ぼくはやらなくちゃいけないことがあって、この街に来た。御霊が暴れ出さないよう監視するためにね。御霊ってのは」

「怨霊でしょ。要するに」

「確かに、そうだけど、厳密《げんみつ》には……」

「神さまに祀《まつ》りあげられた怨霊」

「うん、そう」

どうも調子が狂うなと、柊一は内心とまどっていた。こういう話を振れば、もっと驚いてもよさそうなものなのに、美也はそうならない。どうでもいい話に仕方なくつきあっているような、もしくは、そんなことは先刻承知だったとでも言いかねない雰囲気だ。

「そもそもの目的は、この五郎神社で祀られている祭神の調査だった。ところが、ぼくの滞在中に宮司《ぐうじ》が行方不明になって、突然、境内の地下に大洞窟があるのが判明して、中を探索しているうちに──宮司の死体を発見したんだ。彼はジガバチの幼虫の生き餌《え》にされていた。まだ息がある状態で食われていたんだよ。たくさんのイモ虫にね」

効果を狙《ねら》って、いったん言葉を切る。それでも、美也は動じない。

「こんな話、信じられない？」

不安になって尋ねると、美也は微かに首を左右に振った。柔らかそうな黒髪がさらさらと揺れる。

「それがいったいどうしたのって思っているだけ」

「きみ……！」

柊一は思わず語調を強めた。

「自分の住んでる街でジガバチがひとを襲ったり、毒サソリがぞろぞろ這い出したりしてるっていうのに、その言い草はないだろう!!」

「その程度、かわいいものよ。現に、もう片づいたでしょう？　ジガバチもサソリも」

「きみは……！」

怒鳴ったとほぼ同時に、外でにぎやかな足音が響いた。何事かと柊一が振り返ると、神社の石段を息を切らせて駆け登ってくる人影が見える。早紀子と萌だ。

「飛鳥井くーん！」

一点の曇りもない明るい笑顔で、萌は手を大きく振りつつ駆けてくる。その後ろから、やや遠慮がちに早紀子が続く。もはや恒例となりつつある女子高校生コンビの五郎神社詣《もう》でだ。

が、今回はさらなるおまけがついていた。彼女らのあとから現れた全身黒ずくめの男は――

「雅行《まさゆき》？」

「よお」

夕闇の境内にふらりと現れたのは、御霊部の同僚、多能《おおの》雅行だった。

「たまたま、鳥居の前で彼女たちと鉢合わせになってね」

「なんでまた。報告なら、今朝、電話でしただろ」

「それはそうだけど、様子見に」

萌が興味津々の面持ちで、ふたりの会話に口を挟んだ。

「多能さんって、本当に仲間思いなかたなんですね」

柊一はすぐさま手を横に振った。

「違う違う。こいつはただ暇なだけ。夏は陽に焼けるのがいやなもんだから、ぼくにばっかり仕事押しつけて、自分はのほほんと冷房の利いた屋内で事務三昧《ざんまい》だよ」

しゃん、と鈴の音がした。振り返ると、美也が神楽鈴を祭壇の脇に片づけているところだった。

「帰るわ」

「あ、きみ……」

話はまだ途中だったのに、美也はさっさと柊一の脇を通り過ぎ、サンダルを履く。誰とも目を合わせない。

いや、早紀子が「あの、小城さん」と声をかけたときだけ、ほんの少し目線が彼女のほうへ動いた。その瞬間を逃さず、早紀子は早口で、

「暇があったら部室に顔出して。夏休み中でも、わたしたち、よくあそこで暇つぶししてるから。それから、コピー誌出そうって話もしてるの。小城さんにもぜひ原稿……」

「そのうち行くわ」

早紀子の台詞《せりふ》をさえぎるように言うと、美也はその場を立ち去ってしまった。

「小城さん……原稿……」

漫研部長は未練がましくつぶやいていたが、その声はもう相手に届いていない。

なんとなく、気まずい空気の漂う中、彼女の姿が完全に視界から消えてから、ようやく雅行が口を開く。

「彼女が？」

「ああ」

柊一が肯定《こうてい》すると、「ふうん」と雅行はつぶやいた。言葉の響きとは裏腹に、目が面白がっている。しかし、早紀子たちの手前、美也や仕事の話題を口にするのは控《ひか》えようと思ったのか、彼は全然別のことに話題を振った。

「で、彼女たちがおまえにぜひとも報告したいことがあるって言ってたんだが」

「そうなんです！」

元気よく、はきはきと萌が答えた。

「わたしたち、楠木さんがまだこの街に残ってて、ついさっき『入らずの森』から出てくるところを目撃しちゃったんです」

「ヤミブンが？」

柊一は思い切り顔を歪《ゆが》めて吐き捨てるように言った。

「あいつ、まだぐずぐず居残ってるのか。うっとうしいやつだな。カタコンベのミイラかかえて、とっとと東京《とうきょう》に帰ればいいのに」

まさか、そのミイラが根こそぎ消えているとは誰も思い至らない。

「しかも楠木さん、真っ赤なスポーツカーに乗った美形といっしょだったの！」

やや興奮気味の萌の言葉に、柊一よりも雅行のほうが早く反応した。

「真っ赤なスポーツカーの美形？　もしかして、それ、日本人離れした彫りの深い顔立ちの、背の高い男？」

「そうです。そうなんです」

「髪はちょっとウェーブが入っていて、年は二十代半ばくらい？」

「はい、まさしくそのとおりです」

「ふうん……」

雅行は柊一に目を向け、意味深に唇《くちびる》の片端を吊《つ》り上げた。

「どうする、柊一」

「どうするも、こうするも」

露骨《ろこつ》に面白がる仲間を、柊一は睨《にら》みつけた。その視線の厳しさに身悶《みもだ》えして喜んでいる存在がすぐそこにあることも知らずに。

「こっちの邪魔をしないで、森で遊んでいてくれるんならともかく、変に手出しするようだったらしっかり筋を通させる。当たり前だろ」

「おや。いますぐ抗議に乗り出していくのかと思ったら」

柊一はぐっと言葉に詰まった。少し前だったら迷わず怒鳴りこみに行っていただろう。しかし、ヤミブンの誠志郎には今回、不本意ながら何やかにやと協力してもらっている。負い目とまでにはなっていないが、多少遠慮じみたものがあった。

「一日、二日ぐらいだったら、作業の遅れってこともあるさ。あの愚図馬鹿《ぐずばか》なら、ありえるだろ？　何年経《た》ったって素人《しろうと》くささが抜けないようなやつなんだから。ただし、何度も言うけど、調子に乗ってやつらが御霊部の管轄《かんかつ》に手を出すようになったら、容赦《ようしゃ》しない。しかるべき措置を取らせてもらうとも」

雅行は深くうなずいた。

「当然だな。しかし、金髪坊やだけでなく、もうひとりのヤミブンまでがしゃしゃり出るようになったら？　あっちは金髪くんと比べものにならないくらい厄介《やっかい》だぞ」

「どっちにしろ、たかがヤミブンじゃないか」

「あの、あの」

発言の許可を請《こ》うように片手をあげ、萌がまたもや割りこんできた。早紀子が後ろから彼女の服を引っぱっているのだが、まったく気にはしていない。

「わたしたち、夏休み中でもよく学校の部室に出入りしてますから、『入らずの森』の監視してましょうか？　ヤミブンさんたちが森で何か変わった動きをしているようだったら、すぐに報告しますから。あ、でも、明日の日曜日はわたしも早紀ちゃんも予定が入っているんで無理ですけど、それ以外でしたら問題ありませんから」

答えたのは雅行だった。

「それはありがたいが、本当にそこまで頼んでいいのかな？」

「はい。御霊部さんたちはわたしたち民間人の安全のために働いてくれているんですもの。そのご苦労を思えば、この程度、なんでもありません。ねえ、早紀ちゃん？」

いきなり声をかけられ、早紀子はうっと言葉に詰まった。そこへ畳《たた》みかけるように萌が、

「早紀ちゃん。飛鳥井くんたちはこの街の平和を守るために身を危険にさらしつつがんばってくれているのよ。しかも、影の身に徹して、わたしたち市民に滅私奉公《めっしほうこう》してくれているのよ」

「滅私奉公――ですか」

「そうよ。この街の市民として、及ばずながらも何かしようって気にもなるじゃないの」

「市民として……ですか。でも、かえってお邪魔になっちゃったら……」

「昼間、部室でぶらぶらしてるだけじゃない。わたしだって、けして飛鳥井くんの足を引っぱるようなことはしないわ。ヤミブンの動きを監視するだけ、それも『入らずの森』限定なら邪魔になりようがないじゃない？　何かあったら、すぐ五郎神社に報告に走る。ただそれだけだもの、いまと同じよ」

「うん、いまと同じだね。いつからこうなっちゃったのかねえ。ははは……」

早紀子はちらりと柊一を見た。彼女の口もとには笑みらしきものが薄く浮かんでいるが、表情に生気はない。何もかも諦《あきら》めてしまった者の悲哀《ひあい》を漂わせている。早紀子が乗り気でないのは見え見えである。

これが普通の反応だろうと思った柊一は、つい助け舟を出してやりたくなった。

「いや、そこまでしてもらわなくても」

その言葉をさえぎるように、萌が再び強く言う。

「大丈夫です！　わたしたち、及ばずながらがんばります！」

勢いにたじろぐ柊一の肩を、雅行がぽんぽんと軽く叩いた。

「まあまあ。とりあえず、お願いしたらどうだ？　御霊部はただでさえメンバーが少なくて大変なんだし、土地カンのある協力者の存在は本気でありがたいぞ」

この場での最年長者であるのは確かだが、分別くさい顔をしてそう仕切られると少々むっとくる。

「ほお。メンバーが少なくて大変。自分の仕事、最初からセーブして、他人の仕事の冷やかしにやって来る誰かさんがそう言うか」

嫌味のひとつぐらいで雅行の鉄面皮は揺るがなかった。

「人生、息抜きは必要だよ、柊一」

柊一はかゆくもないのに、こめかみのあたりをぽりぽり搔《か》いて、低くうめいた。ここでノーと言ったところで、萌たちが独自に動くであろうことは目に見えていた。勝手に暴走されたあげく、怪我《けが》でもされては面倒だ。

「じゃあ——何かあったら報告に来る、絶対に直接手を出したりしないってことで」

「はい！」

「はい、それはもちろん……」

萌のお返事がとてもよろしいだけに、早紀子の小さな声が余計哀れだった。


夜がふけて。

社務所兼、亡き宮司の自宅の和室で、雅行は卓袱台《ちゃぶだい》の前にあぐらをかき、ノートパソコンのキーボードを軽やかに叩いていた。せっかく寄ったのだから東京へは明日の朝戻ると称し、泊まることになったのである。パソコンは仕事ではなく、趣味で何かをやっているらしい。脇には生ビールと枝豆が置いてあり、いかにも余暇《よか》を楽しんでいる感じだ。

柊一はさっさと布団を敷いて寝る準備をしていた。いい気なもんだと思いつつも、雅行の分まで布団を敷いてやる。神社でたったひとり夜をすごすのにもう馴《な》れていたが、誰かがそばにいるとやはり心強く感じる。

地下の倉庫でみつけてきた蚊遣り豚に蚊取り線香を入れ、細い煙とともにあの独特の香りが立ちのぼるようになれば、なんの変哲もない狭い和室も夏の情緒満点。サッシの窓の外からは虫の鳴き声も聞こえている。

「ほら、とりあえず寝る用意だけはしてやったからな」

「ああ、どうも」

雅行は振り返りもせず、キーをかたかた打ちこんでいる。柊一は布団の上に腹這《はらば》いになって頬杖《ほおづえ》をついた。曲げた足を揺らしつつ、同僚の背中を眺《なが》めている。萌が目撃したら妄想をどう爆裂させることやら、ある意味、恐ろしい光景であるが、当人たちには邪念などかけらもない。

「あの子、どう思った？」

柊一の質問に、パソコンの液晶画面をみつめる雅行が訊き返した。

「どの子？」

「小城美也。氏子総代《うじこそうだい》のいとこだっていってた、あの無愛想な美人」

「神霊を召喚《しようかん》したっていう噂の彼女か。どうって？」

「とりあえず、勧誘してみようとしたんだよ。神霊を召喚するなんて——御霊鎮めにぴったりじゃないか」

「確かに使えるな」

「だろ？　ところが、警戒心を解いてもらおうとこっち側の素性を説明したのに、全然素っ気ない。懸命《けんめい》に努力してる最中に、雅行とお騒がせふたり組が来たりしたもんで逃げられて」

雅行は短く笑った。

「それは悪かったな」

「どうしてあんな力を持っているのか、なかなか口を割りそうにないんだ」

「本人がきちんと説明できるとも限らないだろう。そもそも、どうしておまえは鈴を持っている？」

「飛鳥井家に代々伝えられてきたから、自動的に受け継いだ」

「あの子もそのクチじゃないのか？　ただでさえ、何かありそうな街に、特異な能力を持つ娘が住んでいる――そうすると、土地がらみ、血筋がらみと考えるのが自然だろう。生き物は環境に対応するために、その土地に合った能力を発展させる。あの子の能力もこの土地で何かをするために生まれた、の、かな？」

雅行はビールを飲んで口をぬぐった。適当な憶測をしゃべっているだけ、高みの見物と決めこんで楽しんでいるだけなのが見え見えである。

柊一はため息をついて仰向《あおむ》けになった。手足を伸ばして大の字になる。

「あの子説得して、御霊部に引きずりこむってのは難しいよ、やっぱ……」

「期間限定、この街での一件が片づくまで協力してくれって線で攻めてみろ。この土地の人間だ、あの素直なお嬢さんたちみたいに郷土愛に突き動かされるかもしれない」

「あれ、郷土愛かぁ？　野次馬根性だろ」

「とにかく、頭を使え。当人が難しいのなら、いとこから攻めてみたらどうだ」

「桜田宗一郎《さくらだそういちろう》――あの眼鏡か」

氏子総代として五郎神社を訪れた礼儀正しい青年を、柊一は頭に思い浮かべた。非の打ちどころのない態度から、かえって苦手な印象を受けた。正直、彼に逢《あ》うのは美也と話をするくらい気が進まない。

「菓子折りでも持っていけってか？」

「いいじゃないか。挨拶《あいさつ》とでも称して行ってこい。口実はいくらでもあるだろ。『おかげさまで境内の大穴が埋まりました。これはつまらないものですが——』」

「『つきましては、おたくのいとこさんを御霊部《うち》にいただきたいんですが』って？」

茶化しはしたが、とりあえずなんでもやってみようと柊一は思い始めていた。ぐずぐずしていると美也をヤミブンに横取りされかねない。誠志郎がいまだ東京に戻らず、有田克也までしゃしゃり出てきたのは、新人獲得のためではないかと思えてならないのだ。

同じことを雅行も考えていたのだろう、

「ヤミブンに出し抜かれるなよ」

そんなことは言われるまでもなかった。

第二章　悪《あ》しきこの夜

日曜日の朝、田舎《いなか》にしてはなかなかしゃれた和菓子屋で、和風ゼリーと水羊羹《みずようかん》の詰め合わせセットを購入し、柊一《しゅういち》は桜田《さくらだ》家を目指した。

五郎《ごろう》神社の氏子《うじこ》総代《そうだい》だというのに、その家は神社からかなり遠い。安内《あんない》市の南端、街を見下ろす小高い山の中腹にあった。

雅行《まさゆき》とは桜田家の近くまで車で送り届けてもらい、別れた。

「がんばれよ」

それだけ言い残して、同僚は東京《とうきょう》へ戻っていく。あるいは日曜日だから、その足でどこかへ寄り道するのかもしれない。

(羨《うらや》ましいことで――)

すべてが片づくまで、柊一に日曜日も夏休みもない。

たどりついた桜田家は予想以上の家だった。延々続く白い塀に、立派な門構え。武家屋敷かと錯覚《さっかく》してしまいそうだが、門の柱には現代風のインターホンが設置されている。

持参した菓子折りをもっと高いものにすればよかったかといまさらながら悩んでも仕方ない。それに、

（飛鳥井《あすかい》家のほうが、でかい）

インターホンのボタンを押そうと指を伸ばしたそのとき、門が軋《きし》みつつ内側から開いた。客の訪問に気づいたからではなく、ちょうど外出しようとしていたのだろう。中から現れた人物は、そこに柊一がいるのを知ると、瞬間驚いたように眉《まゆ》をひそめた。

「誰？」

露骨《ろこつ》に不審《ふしん》そうに訊《き》いたのは、柊一と同じ年頃の少年だった。やや小柄だが、これからいくらでも伸びそうな感じがする。年からして桜田宗一郎《そういちろう》の弟かも、と柊一は推測したが、両者に似ている点はほとんど見受けられなかった。

顔立ちだけの話ではない。宗一郎は自分の縄張り《テリトリー》に入ってくるものをやんわりと受け止め、やんわりと押し返すすべを知っているようだったが、目の前の少年には若さのせいなのか、それがまったくないのだ。黙っていると即、追い帰されそうな気がする。

「五郎神社の者です。境内の陥没修復工事が完了したので、こちらにご挨拶《あいさつ》にうかがいました」

こんな小生意気なやつに丁寧《ていねい》な口をきくのはいやだなと思いつつも、よそ行きの笑顔を完璧に装った。相手は柊一の顔から全身をじっくり眺《なが》め回してから、ぼそりと言った。

「待ってろ」

背を向け、門扉《もんぴ》をきっちり閉めて少年は奥へ戻る。本人は意識しているのかどうか不明だが、行動がいちいち癇《かん》に障《さわ》る。柊一は密かに呪《のろ》いの言葉——本気ではない——をささやいて憂《う》さ晴らしをした。

まだ昼前なのに容赦《ようしゃ》のない直射日光に背中をあぶられて、待つことしばし。菓子折りの重さと暑さにいらいらしていると、ようやくまた門が開いた。出てきたのは、さっきの少年である。

「逢《あ》うそうだ。入れ」

菓子折りで殴《なぐ》りつけ永眠させてやりたい衝動を、『おまえみたいなガキの挑発に乗るか』との笑顔で上手に覆《おお》い隠し、柊一は桜田家の門をくぐった。少年は入れ違いに外へ出て行く。選手交代といったところだろう、大きな日本家屋の玄関先に、老婦人がひとり立っていた。

すっと伸びた細く長い首が鶴を思わせる。白地にところどころ十字が散った十字絣《かすり》の着物に流水紋《りゅうすいもん》の帯が涼しげで、まばゆい陽の中に立っていても彼女の周囲だけ温度が違うよう。

桜田宗一郎か、それとも取次ぎの家政婦かがいるものと思っていた柊一は出鼻をくじかれ言葉を失っていた。何も言わない彼に、老婦人は口もとだけで薄く微笑《ほほえ》みかける。

「お暑い中をご苦労さま。どうぞ」

「お邪魔します」

一礼して、老婦人に導かれるまま、家の中へと上がりこむ。古く、広く、きれいな家だ。ある意味きれいすぎて、ひとが生活している場ではないような、民家村に保存されている旧家に足を踏み入れたような気さえする。もちろん、ただの錯覚《さっかく》だ。

長い廊下を通って客間に入る。タイミングを見計らったように、家政婦らしき中年の女性がガラスの器に入った冷茶を運んできて、邪魔《じゃま》にならぬようすぐさま立ち去った。池のある広い庭からは涼風が吹きこんできて簾《すだれ》を揺らす。クーラーはついていないのにかなり涼しい。

ここで待っていたら宗一郎がおっとりお出ましになるのかと思いきや、その気配《けはい》はまったくない。柊一と向かい合ってすわっているのは例の老婦人だけだ。

「あの、桜田……宗一郎さんは」

「宗一郎はここには住んでおりませんのよ。ここは本家で、あの子の家は舟山《ふねやま》高校の近くにあります」

「あ、じゃあ」

見当違いな場所へ来たことになる。柊一はさっと顔を伏せて狼狽《ろうばい》を隠した。

「すみません。業者さんに訊いたらこちらの住所を教えてもらったもので、てっきりこちらがご自宅かと」

「間違いではありませんわ。うちが五郎神社の氏子総代であることに変わりはないのですもの。境内修復の資金提供もうちからされていますし。桜田家の当主は事実上、うちの息子でわたくしは引退した身の上ではありますが、五郎神社との関連はいまだわたくしが仕切っておりますから」

「息子さん、なんですか……」

それにしては年の差が開きすぎている。祖母と孫のほうが自然だろうにと思っていると、その疑問を察したように老婦人は穏やかな口調で説明した。

「いいえ。宗一郎は孫ですよ。あの子の父親は市議を務《つと》めていますから忙しくて。それに俗世に染まりすぎて伝統を軽んじる傾向がありますからね。ですから、父親を飛ばして宗一郎に、わたくしが頼んだのです。あの子は桜田家の務《つと》めをよく理解しておりますし」

「古いおうちなんですね」

「さあ。はっきりわかっているのは四百年程度です。世の中にはもっと古くて立派なおうちがいくらでもございますから」

謙遜《けんそん》でも、謙遜にみせかけた自慢でもなく、さらりと言ってのける。そのさりげなさが怖いなと感じはするものの、けして不快な感じは受けなかった。むしろ、

(古さなら飛鳥井家のほうが)

と反射的に思ってしまった自分自身に危うく苦笑しそうになる。ごまかそうとして、柊一は持参した菓子折りを差し出した。

「すみません、あの、遅れましたがこれ。つまらないものですが。おかげさまでうちの神社も

無事修復できました、そのお礼で」

「それはどうも。お心遣《づか》い、ありがとうございます」

儀礼的な台詞《せりふ》といっしょに品物のやり取りが行われる。ひと息ついてから、柊一はさりげなく美也《みや》の名を出した。

「では、美也さんもお孫さんなんですね」

「美也ですか。ええ」

近寄りがたい雰囲気が祖母と孫娘には共通している。いや、目の前の老女のほうがあからさまでない分、手ごわい印象だった。それでも宗一郎よりは話しやすい。

「巫女《みこ》舞いの練習に何度も五郎神社にいらしているんですよ。伝統を重んじるってことに、きっと彼女も熱心なんですね」

「無愛想な孫で、ご迷惑をおかけしております」

「いえ。ぼくなんか何度か助けてもらっていますし……」

「まあ」

老婦人は口もとに手を添えて上品に笑った。

「面白《おもしろ》いことをおっしゃるのね」

事実ゆえに全然面白いとは思えない柊一は、微笑んでごまかした。冗談ではなく実際に美也には助けられたのだが、うかつにはしゃべれない。あの能力を身内が知っているとは限らないのだ。

「五郎神社の宮司さんの親戚《しんせき》と、宗一郎からうかがいましたけれど」

「あ、はい」

そういうことになっていたんだと思い出し、柊一はうなずいた。

「そうです、はい」

「これからずっと、あの神社に？」

「いえ、とりあえずの代理です。神社庁から新しい宮司が派遣《はけん》されてくるまでの……。ぼくはまだ神主の資格試験も受けてはいませんし、叔父《おじ》の遺品の整理を兼ねて、あそこの管理をしばらく肩代わりしてるだけです」

「まあ、そうなんですか？　残念ですわね。お年も美也や宗一郎と近そうですし、あの子たちと仲よくしていただければ嬉しいのにと思っていたのですけれど」

「はあ……」

仲よくするのは難しいだろうが、御霊部の利益のためにもお近づきになりたい。微妙なところだった。

「お手数おかけいたしますが、宗一郎さんにもご報告しておきたいので住所を教えていただけませんか？」

「ええ。構いませんよ。でも、宗一郎なら……いま、西沢《にしざわ》教会のミサに出ている頃かしら？」

「ミサ？」

「ええ。教会の場所、お教えいたしましょうか？　メモを取ってきますから、ちょっとお待ちになってね」

そう言うと、老婦人は静かに立ち上がった。彼女の袖《そで》からは一瞬、白檀《びゃくだん》に似た芳香《ほうこう》が立ちのぼった。

桜田家の老婦人から教えてもらった西沢教会は、どうしてこんな辺鄙《へんぴ》な場所に建てたのだろうと思うような街のはずれにあった。

青々とした稲が繁る田んぼに、雑草いっぱいの藪《やぶ》、雑木林、その合間にぽつぽつと民家。五郎神社の周辺も何もない田舎だが、ここのほうが山に近いせいか、より緑の密度は高い。道も延々、上り坂だ。

こんな場所に信者は集まるのだろうか。幼稚園の経営でもしているんだろうかと想像していたのだが、西沢教会はそれにには当てはまらなかった。

「ここ、か……」

小さいながらも黒っぽい石造りの建物には歴史が感じられた。壁にツタが生い茂っているさまもいい感じだ。ただし、『西沢カトリック教会　ミサ：毎週日曜日午前十時半〜』と記《しる》された看板はそのツタの葉で半分覆い隠されている。

時刻は十一時半。大きな木製のドアに近寄って耳を澄ますとオルガンの音が聞こえてきた。ミサはまだ続いているらしい。柊一はそっとドアを押してみた。

天井が高いせいで、中は意外に広く感じられた。突き当たりの祭壇の上には木製の十字架が掲げられ、ステンドグラスをはめこんだ大きな窓がある。モチーフは、オリーブの葉をくわえた白いハトだ。

整然と並んだ木製ベンチのむこうで二十人弱が起立し、オルガンの音に合わせて合唱している。白いレースのベールを頭にかぶっている女性も何人か見受けられる。

宗一郎は前のほうの席にいるのか、柊一の位置からは見えない。祭壇に立って唯一、こちら側に顔を向けている神父の視線が気になったので、彼は信者のふりをしてさりげなく、いちばん後ろのベンチについた。

神父は四十代後半ぐらいの、ごくごく普通の男性。聖職者であることを示す白い聖衣《スカプラリオ》を肩にかけていなければただの地方公務員に見えるが、朗々《ろうろう》と賛美歌を歌いあげる声量はなかなかのものだ。

（この教会に来てる信者で、ここが隠れキリシタンの里だったって知っている者はどれだけいるのかな。かつての信仰と関係している者は——いるのかな？）

教会内にこだまするオルガンの調べと賛美歌に耳を傾けながら、柊一はそんなことを考えていた。

キリシタン迫害の歴史で最も知られている事件は、やはり島原《しまばら》の乱だろうが、もちろん、それ以外にも悲惨《ひさん》な出来事は各地で起きていた。大村藩郡《おおむらはんこおり》では潜伏していたキリシタン六百人以上がとらえられ、うち、四百十一名が斬首《ざんしゅ》。尾州下野村《びしゅうしもつけむら》ではキリシタン三百人あまりが斬首されている。

このように、潜伏したキリシタンが露見《ろけん》し、捕らえられ、処刑される悲劇は、実は明治の初期まで続いていたのだ。キリシタン禁制が撤去《てっきょ》されたのは、一八七三年——明治六年である。

それより前の一八六五年（日本が開国して七年後）、長崎《ながさき》にフランス人宣教師の手によって天主堂が建てられた。日本人はこの『フランス寺』を見物しに押しかけたが、その中に明らかに他の見物客とは様子の違う男女十四、五人がいた。そのうちのひとり、中年の女性が神父に近づいて問いかけたという。

「サンタ・マリアの御像はどこですか？」

先人の布教の成果が密かに生き延びていたことを知った神父は深く感動し、喜んで彼らを聖母の像の前に案内した。およそ二百五十年、七代にわたってキリシタンたちが待ち続けた宣教師《バーデレ》との再会である。

その時点ではキリスト教はまだ禁制のもの。天主堂の神父はこのことを極秘にしておいたのだが——やがて秘密は洩《も》れ、ひとつの村の住民三千人以上がまるごと流罪《るざい》の憂《う》き目に遭《あ》う。彼らは棄教《ききょう》を迫られ拷問《ごうもん》されて、多くの獄死者を出した。

その後、欧米諸国からの圧力もあり、キリスト教が容認されるようになって、隠れキリシタンの多くはカトリックに改宗している。なにしろ、教えを授けてくれる聖職者は国外に追放され、指導者もいないままにキリシタンは地下に潜伏せねばならなくなったのである。そうして何代も経れば、当然、教えは変容していく。隠れキリシタンに代々伝えられてきた教えは、長い年月のうちに仏教や神道《しんとう》と入り混じり、元のカトリックとはかなり異なるものになっていたのだ。

柊一が考えていたのはそういうこと――カトリック教会を訪れてミサに参加している彼らの中にも、改宗した隠れキリシタンの子孫がいるのかな、ということであった。

賛美歌を歌い終わり、人々はがたがたと音をたてて着席する。壇上の神父は、咳《せき》ばらいをひとつして話し始める。奇《く》しくも、彼はかつてこの地にいた隠れキリシタンのことに触れた。

「皆さんの中にご存知のかたはどれほどいらっしゃるでしょうか？　この安内市にはその昔、多くのキリスト教信者が平和に暮らしておりましたところが、ときの権力者は突然、キリスト教を禁止し、彼らへ厳しい弾圧を加えたのです……。安内のキリスト教徒たちは抵抗しました。中でも、安内城の若君は権力側におもねる父親に激しく反発しましたが、五人の忠実な家臣とともに捕らえられてしまい、神の御名《みな》を唱えつつ、食を絶って獄死しました。わが子を死に追いやった領主はさらに多くの罪もない人々を処刑していったのです。教会に閉じこめられ、生きながら焼かれた者もいました。刀の試し切りにされた者もいました。それでも、彼らは最後まで信仰を貫《つらぬ》いたのです――今日は彼らの御魂《みたま》が安らかであることを祈りましょう……」

神父は節をつけて聖句らしいものを唱え、ミサを終えた。人々はベンチから立ち上がり、緊張の時間から解き放たれたように談笑しつつ入り口へ向かう。柊一はすわったまま、桜田宗一郎の姿を捜した。

宗一郎は、いた。いままでみつけられなかったのも、思ったとおり、いちばん前の席にすわっていたからだった。彼のそばには神父がいて、妙に丁重《ていちょう》な口調で話しかけている。

「大奥さまにはいつもお世話になっております――」

教会を出て行く他の人々の靴音や話し声のせいもあり、こちら側に背を向けている宗一郎の返事は聞き取れない。ただ神父の言葉だけは、賛美歌詠唱で鍛《きた》えているせいか、よく響いていた。

「大奥さまはミサにはおいでになれないのでしょうか。……そうなんですか、血圧が。どうかお大事になさるようにと、お伝えください」

桜田家の大奥さまといったら、あの老婦人なのだろうなと柊一は思った。それにしても、五郎神社の氏子総代をやったり、カトリック教会のミサに出席したりと、桜田家は宗教的に混じりまくっている。まるで隠れキリシタンのように。

話の区切りがついたのか、宗一郎が振り返った。柊一をみつけ、眼鏡のむこうで心持ち目を大きく見開く。

「おや、きみは」

近づいてきた彼に、柊一はベンチから立ち上がって軽く一礼した。

「どうも。境内修復のお礼にとお宅へおうかがいしましたら、こちらではないかと教えていただいたもので」

「ああ、祖母に逢いましたか」

「桜田さんご本人のご自宅かと思いこんでいたんですが、あちらはそれとは別なんですね」

「祖母の家ですよ。いちばん怖くて力のあるひとが住んでるんで、あそこは本家と呼ばれています」

宗一郎がくすくす笑うので、柊一も曖昧《あいまい》に笑った。

彼の言うとおり、あの老婦人は怖そうだったが、桜田家でいちばんかどうかはわからない。胡散《うさん》くさそうな人間部門で宗一郎もかなり高ポイントを稼《かせ》げそうだし、美也もミステリアス部門でならいまのところダントツ一位だろう。

「いとこの美也さん——しょっちゅう、五郎神社に来て巫女《みこ》舞いの練習してますよ」

「そうみたいですね」

ふたりは話しながら教会の外に出た。青い空には刷毛《はけ》で刷《は》いたような薄い雲が走っている

が、真昼の強烈な陽射《ひざ》しを際立たせこそすれ、さえぎってはいない。陽光のまぶしさに、柊一は目をしばたたかせた。

「彼女は神社で、そちらは教会。なんだか、宗教的にいろいろ混じってますね」

「日本人は大抵そうでしょう？　正月は神社、結婚式は教会、葬式は寺」

「でも、日曜日のミサには信仰心がないとなかなか行かないでしょうに」

「いろいろ付き合いもありますから」

「市議で忙しいお父さんの代わりに？」

「ああ、ご存知でしたか。まあ、表向きはそうですけれど、正確には祖母の代わりに、ですね」

神父が言及していたのもあの老婦人のことのみだった。なるほど、桜田家でのいちばんの発言力は彼女にあるのだろうなと柊一は思った。

「ここからね、安内市が見渡せるんですよ」

足を止めた宗一郎が指差す方向、ミニひまわりの咲く花壇のむこうに、山に囲まれた地方都市が広がっていた。川の流れが銀色に光っている。中央は家屋が密集して白っぽいが、それを取り巻く緑は豊かだ。

『入《い》らずの森』もよく見える。街のほぼ中心に位置している緑の部分がそうだ。

「あれって、舟山高校の『入らずの森』ですよよね」

わかっていて柊一はわざと問いかけた。

「いろいろと変な噂のある森で——つい最近、中世の人骨が出土したとか。さっきの神父さんの話にも出てきましたけど、この街って、けっこう悲惨《ひさん》な歴史があるようですね」

「この地に限らず、どこでもそうでしょう。古い土地には古くからの諍《いさか》いや争い事が積み重なって眠っているんですよ」

「隠れキリシタンはまさにその例ですか」

「そうですね。この辺りにも当時の逸話《いつわ》がありましてね。昔、ここには街道が通っていて——いまは国道からずれていますけど——宣教師はその街道を使ったわけです。ここから街を初めて安内の城下町を見下ろして、その美しさに痛く感動したとか。安内は『主《アドナイ》』という言葉に響きがよく似ていますからね。宣教師はそのことにも感動したらしい。禁教令が出て国外追放になったとき、彼はここから城下町を振り返って大泣きしたらしいですよ。そんな逸話があるから、この場所に教会があるんです。ご覧のとおり小さな教会ですけれど、明治の頃からの古い建物なんですよ」

「詳《くわ》しいんですね」

「ここで生まれ、育ちましたから」

そう言って、宗一郎はにっこりと微笑んだ。

山の中の道を、市営バスが走っていく。萌《もえ》は窓をあけて、吹きこんでくる風に髪の毛をなびかせていた。

満員になることがまずない田舎のバスで、乗客は早紀子《さきこ》と萌の他に年寄りがふたりだけの計四人。だから、早紀子も萌の後ろの席の窓際に陣取って、冷房よりもずっと心地よい外からの風に吹かれている。

バスがカーブを曲がると、早紀子は窓から身を乗り出した。標識だけのバス停に、ショートカットの女の子が立っている。早紀子は彼女に向けて大きく手を振った。

「乃里《のり》ちゃーん、来たよーっ」

バスが停車する。ふたりは急ぎ足で降車し、バス停で待っていた少女に駆け寄った。

「わぁい、ふたりともひさしぶり！」

中学の三年間、早紀子たちと同じクラスだった乃里子《のりこ》は手放しで喜んでいる。

「よかった。バス、ちゃんと間に合ってたんだ。本数少ないから、乗り遅れてたらどうしようかと思って」

「もう。乃里ちゃんはあいかわらず心配性だなぁ。ちゃんとこうして来れたんだから大丈夫って。ほら、スイカ持って来たよん」

「わたしはクッキーたくさん焼いてきたわ」

「わあい。ふたりとも、ありがと！」

三人の少女たちは大声でしゃべりながら、緑に囲まれた道を登っていった。乃里子の家はバス道路から脇道に入ってすぐのところにあった。小さな畑にはトウモロコシが揺れている。

「まだ充分実《みの》ってないんだ、うちのトウモロコシ。わたしのお手製夏野菜カレーで勘弁《かんべん》してね」

そう言いつつ、乃里子はポケットから鍵を取り出して玄関のドアをあけた。

「いつもなら鍵なんかかけないんだけどさ、最近、なんか物騒で。さあ、入って入って」

早紀子と萌は声をそろえた。

「お邪魔《じゃま》しまーす！」

家の中からの返答はない。乃里子の両親は親しいひとの初盆にそろって出かけていき、今日は留守にしていた。戻りは明日の予定で、今夜は乃里子ひとりきりになる。それで「うちに泊まりに来ない？」と早紀子たちに誘いがかかったのであった。

さっそく居間で少女たちはくつろぎ、冷たい飲み物を飲んでは萌の手作りクッキーをつまみ、他愛もない話を楽しんだ。宿題はどこまで進んでいるかとか、このあいだテレビでやっていた心霊番組はどうだったかとか。

「最近、多いよね、心霊番組。やっぱり夏だねえ。そういえば、早紀ちゃんたちのクラスの男子、北山《きたやま》霊園で人魂《ひとだま》見たんだって?」

冷たい麦茶を飲みながら乃里子が訊くので、早紀子もひきつり気味の笑顔でうなずいた。

「うん。でもさ、そのあとであのお墓、サソリ騒動があったんだよ」

「え。それ、知らない」

「外国産のペットが繁殖《はんしょく》してたみたいで。保健所が駆除《くじょ》に入ったから、もう大丈夫なんじゃないかな?」

「かな?」

萌が言葉尻だけを繰り返す。ふたりとも事の真相は知っているのだが、いくら親しい友人でもやたらとしゃべるわけにはいかなかった。本当は言いたくてたまらないが、これは彼女らふたりだけのとっておきの秘密だ。

「じゃあ、なに。人魂の正体、サソリだったたってこと?」

「じゃ、ないの? ある種のサソリはブラックライトを当てると青白く光るんだって」

「へえ、そうなんだ。でも、うちの近くに出たのは絶対サソリじゃないわね」

気になる発言をして、乃里子は麦茶といっしょに氷を口に入れた。

「え? それ、どういう意味?」

早紀子が尋ねると、彼女は音をたてて氷を嚙《か》み砕いてから説明してくれた。

「うん。うちの近くでね、昨日の夕方、変なものが出たらしいのよ。この先の沢のそばのうちに住んでる小学生が見たらしいんだけど。ひとりで歩いていたら、道の脇の、大人の肩あたりにまで伸びた草むらががさがさ揺れているんだって。なんだろうって思って、じいっと見てたらしいのね、その子。そしたら、ふいに草むらの中で音の主が立ち上がって、その子のほうを振り返ったんだって。顔が真っ茶色だったって」

乃里子は話を切って、もうひとつ氷を口に含んだ。納得できずに早紀子が訊き返す。

「え？　どういうこと？」

「だから——普通の人間じゃなかったのよ。顔が茶色くて、しわしわで、しかも目の玉がなかったんだって。その子はもうびっくりして泣きながら家に逃げ帰ったらしいの。親は何を馬鹿言ってるんだって取り合わなかったんだけど、あんまり子供が言うんで、翌朝早くにその草むらを調べてみたら、確かに誰かが草を踏み倒してまわった跡がみつかったんだって。ちょっと怖くない？」

萌がにこにこ微笑《ほほえ》みつつ言う。

「うん、怖いね」

怖いというより楽しんでいるようだ。地下洞窟でミイラと、北山霊園でサソリの化け物と遭《そう》遇《ぐう》し、変な度胸《どきょう》がついてしまったのかもしれない。

「その草むらってここから近いんでしょう？　どうしよう、わたし、花火持ってきたんだけど」

北山霊園での肝試《きもだめ》しのついでにやろうと思って結局使わなかった花火を、早紀子はそのまま持ってきていた。

「花火、せっかくだからやろうよ。八時ぐらいに家のすぐ前でやれば大丈夫だってば」

乃里子がそういうので、夕食のあとに三人は家の玄関先で花火をすることにした。コンビニで買ってきたセットもので、たいして量はない。派手《はで》な打ち上げ花火もないオーソドックスなセットだが、それでも、色とりどりに輝く閃光《せんこう》や火薬のにおいが、夏の情緒を盛り上げてくれる。

十五分もしないうちに花火は底をつき、締めくくりにはやはり線香花火。赤い火球が震えつつ細い火花を散らしているのを眺《なが》めていると、お約束だなと思いつつももの哀《かな》しい気分になってくる。

(夏休みももう半分以上すぎてしまったのよね。まだ何もしてないような気がするのに……)

早紀子はしゃがみこんで線香花火の火をみつめ、そんなことを考えていた。正確には「何もしていない」わけではない。学校の課題にまったく手をつけていないのは事実だが、そういうことではない。

ここ数日の出来事を振り返ってみただけでも、いつもの夏とはかなり違っている。その変化をもたらしたのは、五郎神社に突然住みついた少年だった。彼に関《かか》わってしまったがために今年はスリルいっぱいの夏休みを送れている。

ただ——はかなげな火の玉をみつめているとあせるのだ。

飛鳥井少年はほんのしばしの間、この街に立ち寄っただけの人間。御霊《ごりょう》の鎮魂《ちんこん》という任務が完了すれば、また別の土地へ行ってしまう。それは何週間も先かもしれないし、いまこの瞬間かもしれない。明日、五郎神社に行ったら、御霊部のふたりは忽然《こつぜん》と消え失せているかもしれない。また逢える保証はどこにもない。

ジッと音をたてて、火球が地に落ちた。最後の線香花火が終わる。草むらでは夜の虫が鳴いている。夏の終わりも近い。

「あーあ。終わっちゃったね」

何も知らない乃里子の言葉に、早紀子は余計、もの哀しさを募《つの》らせた。それを悟《さと》られぬよう、わざと勢いよく立ち上がる。

「さっ。部屋に戻って、スイカ食べようよ」

「じゃ、わたしスイカ切ってるから、ふたりにここのあと片づけ頼んでいい？」

「あいよ」

「うん、わかった」

乃里子はさっさと家にあがり、残った早紀子と萌が花火の燃え残りをバケツの水につけ完全に火を消し、ビニール袋に入れていく。

「あれ？　ライターどこいった？」

「早紀ちゃんの足もとにない？」

「あ、あった」

身を屈《かが》めて百円ライターを拾いあげようとしたそのとき、背後でがさっと草の揺れる音がした。

早紀子も萌も、瞬時に反応して同じ方向へ——トウモロコシ畑へ目を向けた。

風はない。乃里子の家のあかりと、畑の遙《はる》かむこうに立つ一本きりの街灯の光で見る限り、トウモロコシの葉はそよとも揺れていない。

早紀子たちは互いの顔を見合わせた。畑の中を調べるべきか、このまま何もせず家に逃げこむべきか、相手の表情を探って決めようとする。結論が出る前に再びトウモロコシが揺れる。

「誰!?」

乃里子から聞いた話が脳裏《のうり》をよぎる。恐怖心から、早紀子は自分でも驚くほどの大声をあげた。

「不法侵入よ！　ケーサツ呼ぶわよ、ケーサツ!!」

ざざざざ——

突如《とつじょ》、立ち並ぶトウモロコシの合い間から人影が走り出てきた。

ぼろぼろの衣をまとった、痩《や》せ細った人間だ。

いや、人間と言い切っていいものかどうか。

乾ききって皺《しわ》だらけの顔は褐色《かっしょく》。髪の毛はほんの少し頭皮にまとわりついている程度。早紀子に伸ばしてきた手も、骨と皮のように細い。

実際、彼は骨と皮ばかりだった。ミイラだったのだ。

早紀子は悲鳴をあげるのも忘れ、とっさに右手を突き出した。ほとんど無意識にライターを着火させる。幸運にも火は一度で点《つ》いた。

貧弱な炎だった。それでも、ミイラは悲鳴をあげてのけぞった。放たれた悲鳴からは腐臭《ふしゅう》がした。

ぼろぼろの衣の裾《すそ》を翻《ひるがえ》し、ミイラがトウモロコシ畑に飛びこむ。がさがさと葉を揺らして逃げていく。

「火に弱いんだわ、あいつ！」

思いがけず相手の弱点を発見して勢いづいた早紀子は、火の点いたライターを片手にトウモロコシ畑に沿って走った。さすがに畑の中に分け入ったりはしない。その代わり、狩猟犬さながらに目を配りつつ、ミイラを追う。収穫間近の畑の実りが邪魔して姿は見えずとも、トウモロコシの動きようでミイラの位置ははっきりわかった。

「早紀ちゃん！　戻ってきて!!」

萌の必死の呼びかけも、早紀子には聞こえていない。敵の弱点を握っているとの自信と、突然の事態にまだ対応できていない混乱、それらが早紀子をむちゃくちゃな行動に駆り立てていた。

ミイラが畑から道路へ飛び出した。街灯の光がその姿を照らす。次の瞬間、ミイラは立ち止まり、早紀子に向かって何かを吐きかけた。

距離があって届かず、その液体はアスファルトの道路に落ちる。ぐじゅうっと妙な音がして、アスファルトが溶けた。すさまじい腐臭を撒《ま》き散らしつつ、液体の落ちた箇所が点々とくぼんでいく。唾《つば》だか胃液だか不明だが、すさまじい溶解力だ。

早紀子は完全に固まっていた。さっきの勢いは、湧《わ》き起こってきたのと同じくらい唐突《とうとつ》に消え失《う》せている。ライターを握って突き出しているだけで、頭の中は真っ白。一歩も動けない。

百円ライターの火まで緊張に耐えられなくなったかのように細くなり、消えた。好機到来と見たか、ミイラは甲高《かんだか》い声を発して早紀子に躍りかかってくる。

眼窩《がんか》はただの虚《うろ》なのにそれでも視力があるのか、勘《かん》だけで動いているのか。

ぼろぼろの衣がなびいている。大きくあけた口に、まばらに歯が残っている。

絶体絶命の状況にもかかわらず、早紀子は覚めた頭で考えていた。

(間違いない)

ミイラの胸もとには金色の十字架《クルス》が揺れている。

(これ、カタコンベに安置されてたミイラだ——)

ひからびた手が彼女に触れようとした瞬間、百円ライターが火を噴《ふ》いた。

早紀子の指は動いていなかったのに。百円ライターはまるでバーナーのように大きな炎を立ち上げたのだ。

悲鳴をあげ、ミイラは身をよじって炎をかわした。そのため着地に失敗し、どさりと道路に転がったが、すぐに跳《は》ね起きて走っていく。道路を横切り、反対側の雑木林へ。獣《けもの》並みに速い。

百円ライターの火はもう消えている。たとえ、あの炎をあげ続けていたとしても、もはや追う勇気などない。早紀子はその場に両膝《ひざ》をついた。

はあ、はあ、はあ……

大きく口で呼吸していた彼女は、いきなり身を二つに折って激しく咳《せ》きこんだ。溶けたアスファルトがすさまじい異臭を放っている。その臭気を口から吸いこんでしまったのだ。

（何、このにおい……）

ものが腐るにおいに似ている。ミイラが吐いた液体そのもののにおいなのか、溶けたアスファルトのにおいなのか。どちらにしろ強烈すぎて吐き気がする。

咳こむ彼女の視界の隅《すみ》に、誰かの靴が入りこんだ。萌でも乃里子でもない。男物の革靴だ。

咳がいくらかおさまってきた早紀子は、生理的ににじんできた涙をぬぐって顔を上げた。ズボンのポケットに両手を入れて、若い男が見下ろしている。いまいましいくらい整った顔で、冷静な目で。

「百円ライターでミイラに立ち向かうか。とんでもないお嬢ちゃんだな、きみは」

早紀子はこみあげてきたいやな唾《つば》を飲みこんで、つぶやいた。

「ヤミブンのひと……！」

男の眉がぴくりと動く。

「いま、なんて？」

息を吸い、早紀子は一気に言ってやった。

「真っ赤なオープンカーで公立高校に恥《は》ずかしげもなく乗りこんできたヤミブンのひと!!」

「……助けないほうがよかったようだ」

冷たく言い放って、男は背を向ける。血相を変えてミイラを追うでもなく、ゆっくりと歩いて去っていく。

「早紀ちゃん！　早紀ちゃん！」

息を切らせて萌が駆けつけてきた頃には、若い男の姿は完全に闇に消えていた。

「大丈夫、早紀ちゃん!?　もう、無茶ばっかりするんだから！」

自分がいつどんな無茶をやらかしたのかと早紀子は疑問に思ったが、逃げるミイラを追いかけたのは無謀《むぼう》だったと認めざるをえない。しかし、そうやって自己反省するよりも、ヤミブンの男への怒りのほうが大きかった。

「萌ちゃん……」

「なに、早紀ちゃん。どうかしたの？　怪我《けが》でもしたの？」

萌はしゃがみこんで心配そうに友人の顔を覗きこんだ。ポケットに手を突っこんだまま上から見下ろすのとは雲泥《うんでい》の差だ。これが普通の反応だろうに、と早紀子は思った。

まして相手が若い女の子なら、両腕でお姫さま抱きをして安全な場所まで運ぶぐらいの誠意を見せろ、と。涙を浮かべて咳こんでいる痛々しい姿を見ていて、そんな気はこれっぽっちも起きなかったのか、と。

（どうせ……同情する気も起きなかったんでしょうよ）

早紀子はぐっと拳《こぶし》を握りしめた。

「わたし──御霊部とヤミブンって、正直たいして差はないって思ってたんだけど、この際、その認識を改《あらた》めるわ」

「え？　なんで？　どうして？」

「ヤミブンっていけすかない。御霊部のほうが、ずうっとずうっと奥ゆかしいわ」

怨念をこめて言い切る友人に、萌は返す言葉がみつからなかった。

街灯もずいぶん間遠くしか設置されていない田舎のアスファルト道路を、誠志郎《せいしろう》はレモン色の前髪を揺らして走っていた。腕を組んで立っているヤミブンの仲間、克也《かつや》の前まで来て、誠

志郎は立ち止まり、息を吐く。額の汗をぬぐっての開口いちばん、

「逃げられた」

「ほう」

克也のまなざしは、早紀子に向けたものよりももっと底意地が悪かった。早紀子には本気で関心なさそうだったが、いまは面白《おもしろ》がっているようにさえ見える。その口から出てきた言葉も、予想にたがわず意地の悪いものだ。

「いつまでたっても使えないな。うちのメンバーに加わって何年目だと思ってる」

この言いようにかちんと来た誠志郎は口を尖《とが》らせて抗議した。

「あんな獣みたいに走るやつ、追いかけていけるはずがないだろう？　こっちは土地カンだって全然ないんだから」

克也はその言葉を無視して全然違うことを訊く。

「見たか？」

「何を」

「あれをだ。畑から道路に飛び出してきたやつ」

「ああ、見たよ」

「どう思った？」

何を言わせたいんだと不信感を丸出しにしつつも、誠志郎は仏頂面で答えた。

「ミイラだった」

「ミイラは文化財か？」

「さあ……。あ、でも、人魚のミイラを扱ったことは過去にあった。記録を探せば、河童《かっぱ》や鬼のミイラも扱ってたりするんじゃないのか？」

「しかし、今回のミイラはそういったものとは違うだろう」

克也の言いたいことがだんだんわかってきて、誠志郎は表情をさらに歪《ゆが》めた。

「おい、まさか……」

「こんな面倒な仕事は御霊部に押しつけてしまえ。化石《かせき》の御霊部にミイラはぴったりだ」

「でも、上の連中が」

「それはカタコンベの上に学校が建っていたからだろ？　だが、ミイラのほうが自主的に敷地内から出たんだ。もう文部科学省は関係ない。幸《さいわ》い、この街にはいま御霊部が来ている。押しつけろ、押しつけろ」

それはまさに悪魔のささやきだった。誠志郎とて、自ら好んで危険に身をさらしているわけではない。夏の熱気に体力を削《けず》られながら、わけもわからずミイラを追いかけるのが心の底から好きですと言えるほど、仕事熱心なタイプではないのだ。しかし、謎を謎のまま放っておくのも気持ちが悪かった。

「いまのは聞かなかったことにする。ぼくはもう少しこの街にいるよ。帰りたければどうぞ、ご遠慮なく」

そう言って、誠志郎は克也に背を向け歩き出した。克也もそのあとについて歩き出す。

「ついてくるなよ」

「別に。そっちに車を置いてるから行くだけだ」

「あんな恥ずかしい車に乗るなよ」

「ひがむな」

「だぁれがひがんでるってぇ？」

当人たちにとってはいつものことであり、もちろんまったく意識していなかったが、萌が聞いたら喜びのあまり悶絶《もんぜつ》しそうな会話だった。


その頃、柊一は冷房のない五郎神社の社務所で、熱帯夜の蒸し暑さにひとり、うなっていた。

扇風機は『強』にしている。濡れタオルを首に巻いて、食べたアイスキャンディーも三本目。それでも、じんわりと汗が湧いてくる。

「ふう……」

気持ちがいまひとつすっきりしないのは、わざわざ教会まで足を伸ばしたのに、たいした成果が得られなかったせいもあった。どうも桜田宗一郎は苦手だ。訊きたかったこと――美也の話題に持っていっても、なぜかはぐらかされてしまう。

（彼はいとこの召喚《しようかん》能力を知っているっぽいな。だから、小城《おじろ》美也の話題は表面的なことだけにしようとしてたとか……）

ならばいっそ、宗一郎にも御霊部のことを明かして協力を依頼するべきか。市議会議員を父に持ち、郷土の歴史に詳しく、伝統を重んじる彼なら、街の平和のためと聞いて協力を惜しみはすまいと思われた。

しかし、いまひとつ、柊一自身が踏みこめない。個人的な好き嫌いにこだわっている場合ではないが、やはり、あの男は苦手だ。

打開策《だかいさく》はないかと考えているうちに、柊一は畳《たたみ》の上に大の字になって眠り始めていた。短い夢が、断片的に浮かんでは消えていく。

『入らずの森』でジガバチに追いかけられていた――

北山霊園で、姿は見えないのにたくさんの生き物が這《は》いずっていく音を聞いていた――

教会のステンドグラスの真下に、セーラー服の美也が立っている。彼女は両手を上に掲げて、何かを呼び出そうとヘブライ語の歌を歌っていた――

彼の浅い眠りを破ったのは、いきなり外から響いてきた轟音《ごうおん》だった。

柊一は、はっと目をあけ、弾《はじ》かれたように上半身を起こした。ふいをつかれた驚きで、心臓がばくばくしている。右手で押さえていないと胸骨を突き破って飛び出しそうな勢いだ。

「何事——」

その問いに答えるように、再び大きな音がした。岩が崩れ落ちるような音だ。

何が起こったのか確かめなくては。そう思った柊一は飛び起き、境内へと走り出た。社務所のドアを勢いよくあけた瞬間、彼はうっと息を飲む。

数日前、業者が来て境内にあいた大穴を埋め戻したはずなのに、再びその穴が口を開いていたのだ。

「業者のやつ、手抜き工事したか!?」

思わず怒鳴ったが、濡《ぬ》れ衣《ぎぬ》だったとすぐに知れた。

境内の地面に大きくあいた穴の縁に、人影がひとつ立っていた。棒のように細い。顔は伏せているが、その両腕は大きく広げて上に掲げている。夜空に向かい、敬虔《けいけん》な祈りを捧げているかのように。

修道僧を思わせる裾の長い衣を身にまとっている。それもかなりぼろぼろだ。頭髪はほとんどない。皮膚は薄く、乾ききって変色し——肉をすべて削《そ》ぎ落とされたかのように、骨にぴったり貼《は》りついている。

北山霊園で目撃した人影と印象は似ている。ただし、あれよりも背が高い。別人だ。

こんな、見るからに異様な人物が、この街にはふたり以上いる——?

呆然《ぼうぜん》とする柊一のジーンズのポケットの中で、鈴が震えた。

りん。

デニム越しなのに、音は澄み渡っていた。その響きは、穴の縁に立つ人物にも届いたのだろう。相手はゆっくりと顔を上げる。

髑髏《どくろ》に薄皮が一枚貼りついているだけのその顔は、柊一が以前、別の場所で見たことのあるものだった。

この街の地下で。さらに限定するなら『入らずの森』の地下で。キリシタンの骨を積み上げていたあのカタコンベで。

壁にもたれて並んでいた五体のミイラ——そのどれか。

ミイラはほとんど歯の抜け落ちた口を大きくあけて、声にならない声を発した。柊一の耳には感知できなかったが、なんらかの音声が放たれたのは事実だ。

次の瞬間、境内の敷石の一部に亀裂《きれつ》が生じた。たちまち、大穴の縁が崩れ落ち、陥没がさらに拡がる。柊一の眠りを破ったのはまさにこの、大地が崩れる音だった。

「やめろ!!」

かっとなった彼は大声で怒鳴った。

「埋め戻すのに、いくらかかると思ってるんだ!」

請求金額を知っているだけに、言いたくもなる。

柊一は愛用の鈴を取り出すと同時に、全力で走った。境内の穴の縁に沿って進み、ミイラに接近する。

ミイラが再び、声なき声をあげた。きしっと音を立てて、柊一の足もとに地割れが生じる。

「ちいっ！」

バランスを崩して穴に転げ落ちそうになるところを、跳躍《ちょうやく》することで回避する。それに反応してか、いままで棒立ちになっていたミイラが動いた。

前屈みになり、近づいてくる柊一から距離をとろうとするように穴の縁を走る。意外に速い。ざざと砂を蹴立《けた》てて走るミイラは、凶々《まがまが》しい影のようだ。

「待てよ！」

柊一は手首のスナップを利かせて、手の中の赤い組み紐《ひも》を投げた。紐に結び付けてある鈴たちが揺れ、軽やかに鳴る。

組み紐は大地に穿《うが》たれた穴の上を飛び、反対側にいたミイラに達した。その細い胴へ巻きつき、動きを封じこめる。赤い紐がぴんと張り、柊一は縁ぎりぎりのところで踏んばった。

細かな振動に、柊一の鈴たちが鳴る。赤い紐は指に食いこむ。皮膚《ひふ》がすれて痛みが生じていたが、柊一はそれとは裏腹に余裕の笑みを浮かべていた。

「この紐だって、そこらにあるただの紐じゃないんだ。そう簡単にちぎれたりはしない！」

ミイラは低くうなりながら身体を前後に大きく揺すっている。なんとかして縛《いまし》めを解こうと

していようだ。その胸もとには金の鎖に繋《つな》がれた十字架《クルス》が躍っていた。

間違いなく、これはカタコンベで永の眠りに就いていたキリシタンのミイラだ。それがどうしてここにいるのか——それも自力で動き、場違いにも神社の境内に現れて、せっかく埋め戻した大地に再び穴をあけた。この力はいったいなんなのか？

「さあ、語れる言葉があるなら聞こうか」

柊一は手にさらに力をこめ、組み紐を引き絞った。

「何がしたくてさまよい出てきた。弾圧者への恨みを訴えにか。過去を忘れたこの土地の人間に自《みずか》らの存在を知らしめるためか。それとも、ただひたすら信仰心から、おまえたちを救ってくれない非情な神へ虚《むな》しい祈りを捧げるためか」

ミイラはただひたすら苦しげにうめいている。明瞭《めいりよう》な言葉にはなっていない。それでも、柊一は繰り返した。

「語れ。聞こう。それがぼくの仕事だ」

組み紐はミイラの身体を締めつけ、鈴は囚《とら》われ人《びと》を慰撫《いぶ》するように澄んだ音《ね》を細かく響かせる。落ちるのは時間の問題だと柊一は確信していた。

しかし。

ミイラは突然身体を後ろに反らすと、その口から液体をほとばしらせた。しぶきが赤い組み紐にかかる。その刹那《せつな》、じゅっと小さな音がして紐が溶けた。

ぴんと張っていた縛めがたちまち断たれる。紐に結びつけられていた鈴たちは四散し、穴の底に転げ落ちていく。

「あっ！」

柊一が驚愕《きょうがく》して固まったその隙に、自由になったミイラは駆け出していた。相手の力量を知ってこれは分が悪いと悟ったのか、猛然《もうぜん》と走り去っていく。骨と皮ばかりで軽いせいか、速い。追いつくどころか、もう姿が見えない。

追うのを諦めた柊一は手の中に残った組み紐の端を握りしめ、くやしまぎれに叫んだ。

「カタコンベのミイラはヤミブンが調べているんじゃなかったのか！　何やってるんだ、あいつらは!!」

境内の大穴を前に、彼はひとしきり大声でヤミブンを罵《ののし》る。突然、歩くミイラと出くわした驚きと恐怖と不安を解消するためにも、それは必要なことだった。

存分に吼《ほ》えて混乱を昇華させてから、両膝に手をつき、大きく息を吸う。いやなにおいが喉《のど》を刺激し、柊一はごほっと咳こんだ。

腐臭だ。あのミイラが放った液体のにおいに違いない。あれのせいで頑丈《がんじょう》な組み紐も溶け、先祖から引き継いだ大事な鈴が穴の底に散らばってしまった。

柊一は社務所にとって返すと懐中電灯と梯子《はしご》を運んできた。穴の底を照らせば、ところどころにきらっきらっと小さく反射するものがある。穴は直径の割りに、深さはそれほどでもなかったらしい。

ほっと安堵《あんど》した柊一は梯子を縁に掛け、鈴の回収をしに穴に降りていった。拾った鈴を数え、全部そろっていることを確認し、戻ろうと梯子に足を掛けたとき、それに気がついた。

崩れた穴の斜面に、何か白っぽいものが突き出している。先端には丸みがあってわずかに膨《ふく》らみ、そこから少しずつ細まって長く伸びている。

いやな予感を覚えつつ、柊一はそれをつかんで大地から引き抜こうとした。よほど長い年月ここに埋まっていたのか抜くのに苦労したが、周りの土砂を崩しつつ、どうにか採取に成功する。

地上に上がり、わざわざ街灯の下に立って、手にしたものを改めて眺めてみた。

数十センチの白くて硬い、棒状のもの——それは間違いなく、ひとの脚の骨だった。

第三章　サトリが街にやってきた

朝食を食べ終わってすぐ、まるで旅館のチェックアウト時間を気にするように、早紀子《さきこ》と萌《もえ》はあわただしく帰る準備をしていた。街中に戻るバスの時刻が近づいているのだ。これを逃すと、田舎《いなか》ゆえに四時間先までバスは来ない。

あせるふたりを、乃里子《のりこ》は柱にもたれかかって眺《なが》めていた。

「本当にもう帰っちゃうの？　お昼ご飯、食べていけばいいのに」

名残惜《なごりお》しげに言う彼女に、早紀子は素早く両手を合わせた。

「ごめんね。わたしたち、ちょっと部室に寄らなくちゃいけないから」

「部室？　夏休みなのに？」

「そ。コピー誌出すの」

「そうなのよ。五郎《ごろう》神社にも行かないといけないし」

萌の言葉を、乃里子は「えっ？」と聞き咎《とが》めた。

「あんなさびれた神社になんで？」

口を押さえた萌に代わって、早紀子がすかさず答える。

「コピー誌の原稿がうまく集まりますようにって願掛け。うちの漫研、人数少ないのに幽霊部員までいるもんだから」

「ふうん。困ったときだけの神頼みってわけね」

苦しい言い訳だったにもかかわらず、乃里子は納得してくれたのか、それ以上の追及はしなかった。早紀子はほっと胸をなでおろし、縮こまる萌を軽く睨《にら》みつけた。

昨日の夜、ヤミブンの若い男と遭遇《そうぐう》したことは、萌だけにしか話していない。乃里子には「変なひとがいたので大声をあげて脅《おど》したら逃げていった」と告《つ》げておいた。ただでさえ、妙な目撃譚《たん》を聞いて不安がっていた彼女に、腐汁《ふじゅう》を吐きまくるミイラが庭先に出たとはとても言えなかったのだ。

もちろん、御霊《ごりょう》部やヤミブンの存在も明かすわけにはいかない。五郎神社にいる柊一《しゅういち》に昨夜のことを早く伝えたいから、『入《い》らずの森』の監視もしなくてはならないから、早く戻りたいのだということも然《しか》り。

一泊分の荷物をかかえて、早紀子と萌は友人宅を出た。乃里子も名残惜しげにバス停までついてくる。

今日も空は抜けるように青く、セミが樹上でずっと鳴き交わしていた。バス停までほんの少しの距離なのに、もう汗がにじんでくるほど蒸《む》し暑い。

昨日降りたバス停とは反対側の車線沿いに行くべく、アスファルト道路を渡る。すぐそこに高さ一メートル程度の小さな木のお堂があった。歩きつつちらりと中を覗《のぞ》いた早紀子は思わず足を止めた。

「ちょっと、何、これ……！」

中に納められていたのは石の仏像だ。よく道路沿いに置かれている交通安全地蔵《じぞう》か、水子地蔵か、あるいは道祖神《どうそじん》か、そんなものだろうと思われたが——問題はそれが胴体を真っ二つに打ち砕《くだ》かれていることだった。

続いて中を覗いた乃里子も驚きの声をあげる。

「誰がこんなことしたのよ！」

萌は拳《こぶし》を口もとに当てて立ち尽くしている。早紀子はお堂の前にしゃがみこみ、砕かれた石仏を拾いあげた。

「これ……お地蔵さま？」

「うん、たぶん。わたしが物心ついた頃からここにあったよ。すっごく古いものだと思う」

乃里子の言葉にうなずきつつ、早紀子は破片を入念に観察した。

外の彫りはかなり磨耗《まもう》しているが地蔵らしく見えないことはない。印《いん》を握り、もう片方の腕には宝珠《ほうしゅ》っぽいものを大事そうに抱《いだ》いている。奇妙なのは内側がえぐれていることだ。さらにその空間を漆喰《しっくい》か何かでふさいだようだが、どうしてわざわざこんなことをしたのだろう。まるで石像の内部に何かを隠していたようではないか。

さらに、早紀子は新たに手に取ったかけらをひっくり返してみて、うっと息を呑《の》んだ。衣のすじが入ったそれは背中の部分だろう。そこにはくっきりと十字のしるしが刻みこまれていた。

（もしかして、マリア観音《かんのん》？）

隠れキリシタンが仏像の目立たない部分に十字を刻み、聖母マリアの像として拝礼したもののことをそういう。そう思って見直すと、像が腕に抱いている宝珠は幼子《おさなご》イエスに見えなくもない。

乃里子はサンダルのかかとでアスファルト道路を強く蹴《け》り、吐き捨てるように言った。

「まったく、どこの誰だか知らないけど、なんてことするのよ！」

小さい頃からそのお堂の前を通って登下校してきた彼女にとっては、ただ単にものを壊されたでは済まない気分なのだろう。しかも、それは近隣の人々が昔からずっと守り続けてきた信仰の対象なのだ。

早紀子はかけらをお堂に戻して立ち上がった。昨夜のことがあるだけに、単なるいたずらや鬱憤《うっぷん》晴らしによるものとは思えない。キリシタンのミイラに、十字の刻まれた仏像。これを結びつけるなというほうが無理だ。

「本当に……誰だろうね……」

つぶやく彼女の脳裏《のうり》には、冷ややかな目をした若い男の姿が浮かんでいた。彼が犯人だと断定するのは早計にすぎるとわかっていたが、印象があまりにも悪すぎたのだ。

朝、目が覚めて、いちばんに柊一が起こした行動は『入らずの森』へ向かうことだった。自転車で舟山《ふなやま》高校に乗りつければ、早朝の校内には人影もなく、柊一は教職員に見咎《みとが》められることもなく森へ入ることができた。

早朝の森で鳴くヒグラシの声は、豊かな緑が受け止めてくれているせいか、日中に響き渡る声よりも優しく聞こえる。梢《こずえ》の上では今年巣立ったばかりの小鳥がつたない歌をさえずっている。しかし、柊一は自然の声にまったく注意をはらわず、カタコンベの入り口目指して早足で進んでいた。

立ち入り禁止のロープをかいくぐり、大樹の根もとにぽっかり空いた穴の縁に立つと、彼は大きく深呼吸して怒鳴った。

「おい。いるか、ヤミブン」

返答はない。穴の中を覗《のぞ》いてみても、中は真っ暗。梯子《はしご》も片づけられている。柊一は、ちっと舌打ちした。

朝早くに来すぎたのかもしれない。が、この程度で引き返したりはしない。『入らずの森』

で確認したいことがもうひとつあったのだ。

柊一は背中にしょったナップサックを降ろすと、中から登山用ロープと懐中電灯を取り出した。ロープは一端を大樹の幹に巻きつけ、片端は穴の中に垂《た》らす。軍手をつけ、懐中電灯は腰のベルトにひっかけて、地中の暗闇へと降りていく。

本音を言うと、こんな死のにおいに満ち満ちた場所へ再び足を踏み入れたくはなかった。が、これも任務の一環である。

暗闇の底にたどりついて、柊一は懐中電灯をベルトから外し、光を周囲に向けて一巡させた。黄色がかった明かりを受けて、壁際に何十と積み上げられた人骨が照り輝く。髑髏《どくろ》あり、十字に交差された大腿骨《だいたいこつ》あり。しかし、ミイラは一体もなし。

「全部、なしだと……？」

予想はしていたがそれ以上の事実をまのあたりにし、柊一は小さく息を呑《の》んだ。同時に、カタコンベ内のよどんだ空気を口から吸いこんでしまう。カビくささの中にほんのわずか、昨日の夜に嗅《か》いだ腐臭《ふしゅう》を感じ取り、彼はけふっと一回だけ咳《せき》をした。

ミイラがないのであれば、こんなところに長居をしてもしょうがない。柊一は懐中電灯をベルトにひっかけ直し、すぐさま地上へと戻った。

新鮮な空気を胸いっぱいに吸ってから、おもむろに鈴を取り出す。新たな組み紐《ひも》に結び直したこの鈴たちを使って、ヤミブンとミイラの行方《ゆくえ》を探るためのダウジング——失《う》せ物探しの技法の一種――を試みようとした。

だが、その刹那《せつな》。森にすだく生き物の声が突然、停止した。

柊一ははっとして顔を上げた。

音はちゃんと聞こえる。セミの合唱も、小鳥のさえずりも。止まったように感じたのは錯覚《さっかく》だ。

（いや、ただの錯覚とも違う……）

なぜ、そう思ったのか彼自身説明できない。気のせいだと片づけてしまえばいいものの、それがどうしてもできない。

（やっぱり、この場所は不吉だ）

カタコンベの真上だから、怪異の絶えない森だからといった理屈はいらない。自分の直感に従って彼はこの場で鈴を使うのをやめ、幹に掛けたロープをほどいて、ナップサックに詰め戻した。そして、早足で森を抜ける。

自転車にまたがり、とりあえず五郎神社へ戻ることにした。落ち着いてダウジングをするならあそこしかないと思ったのだ。

ペダルを力いっぱい漕《こ》ぎながら、彼はぶつぶつと小声で現状への文句をつけていた。

（ったく……。カタコンベのミイラが五体とも消えてるってのはどういうことだよ！）

昨夜のことがなくて、ただもぬけの殻《から》のカタコンベを見たのなら、ヤミブンがミイラを根こそぎ運び去ったと思いこんだろう。が、事態はそれよりももっと悪い。

五郎神社に現れたミイラは何者かに操られていたのではなく、自《みずか》らの意志で動いていた。北《きた》山《やま》霊園で見かけた影も、カタコンベのミイラの一体だったかもしれない。そうなると、最悪、五体のミイラがこの街のどこかをうろつきまわっているということになる――

ヤミブンが何かヘマをやらかしたがために、こんなことになったのか。それとも、ジガバチやサソリの発生と同じく、ミイラの復活はこの街で密《ひそ》かに起こりつつある異変のひとつなのか。

（とにかく、ヤミブンの連中をつかまえて事の次第を聞き出さないと。それから、部長にも改めて報告して……）

いちおう、ミイラ襲来の件は簡単ながら昨夜のうちに御霊部の留守番電話に吹きこんでおいた。もうしばらくして出勤してきた籠目《かごめ》部長が、いちばんにそのメッセージを聞くことになるだろう。地方都市の小さな御霊神を調査するだけだったはずなのに、雪ダルマ式に事が大きくなっていく。それに対し、御霊部の長《おさ》はどういう判断を下すだろうか。

おんぼろ自転車は乗り手の乱暴な操作にきしきしと悲鳴をあげてひた走る。五郎神社の石の鳥居が見えてきて――柊一は思わずブレーキを握った。甲高《かんだか》い響きをあげ、砂塵《さじん》をまき起こし自転車は止まる。

鳥居の脇《わき》の駐車スペースに、中古業者に超安値で買い叩《たた》かれてしまいそうな古いボルボが停《と》まっている。現在、多能《おおの》雅行《まさゆき》が使用している車だ。

「まぁた来たか、あいつ」

同僚はよほど暇らしい。柊一は車の隣に自転車を置き、鳥居の先の石段を駆けのぼった。

山門をくぐると、境内の中央——昨夜できたばかりの穴のそばに立っていたふたりが振り返った。参拝客ではない。ひとりは雅行、そしてもうひとりは痩《や》せた白髪の老人である。

その顔を見た途端、柊一は反射的に一歩ひいた。

「部長……」

雅行とともにそこにいたのは、御霊部の部長、籠目善衛《よしえ》であった。

眼鏡のむこうの目が、孫の年ぐらいの部下を厳《きび》しくみつめている。雅行は対照的に事態を楽しんでいるような調子で、

「おはよう。また来たよ」

と、軽く言ってくれる。

「この穴は？」

籠目は開口いちばんそう言い、足もとの穴を指差した。

「神社の穴は埋め戻したんじゃなかったのかね？　それとも、業者が手抜きをしたのかね？」

「昨日の朝まではちゃんと埋《う》まっていたんですけどねえ」

雅行が口を挟む。完全に他人事《ひとごと》として、面白《おもしろ》がっている。

「はい。その件なんですが」

柊一は上司のもとへ急いで駆け寄った。本来、籠目部長相手に言葉で説明する必要はない。彼の能力は、昔話に出てくるサトリの化け物のようにひとの心を読み取ることだからだ。

しかし、いくら上司でも（あるいは上司だからなおさら）、心を好き勝手に読まれるのには抵抗がある。柊一は自らの心には読まれぬよう障壁を立て、かたわらにいる雅行に聞かせるためにも口頭で昨夜のことを説明しようとした。

「昨日の夜に——」

言いかけて、柊一は口をつぐんだ。背後から、にぎやかに石段を登ってくる足音が聞こえてきたからだ。もうそれだけで誰が来たか限定できるようになってしまった。

振り返った柊一の目に、予想どおり、息せき切ってかけてくる早紀子と萌の姿が映った。ふたりとも一泊旅行でもしてきたような荷物をかかえている。

（こんなに朝早くから？）

何か報告すべきことが起こって、それで急いでやってきたのだろうか。そんな予感が彼の脳裏をよぎる。

「飛鳥井《あすかい》く……」

山門をくぐって境内に飛びこんできた少女たちは、そこに初対面の人間が混じっていることに気づいて、はっと足を止めた。ふたりはそれから同時に境内の大穴に目を止め、驚きを露《あらわ》にする。

「穴、またあいたの？」

そう尋《たず》ねる早紀子に柊一が曖昧《あいまい》にうなずいていると、篭目が「ふむ」とつぶやいた。

「こちらが例のガールフレンドたちか」

「いえ、ガールフレンドってわけでもないんですが……まあ、いろいろと協力してくれるんで」

微妙なニュアンスは心を読んでもらえばいい。その分、心のガードをゆるくすると、篭目は察したのか、薄い唇《くちびる》を微妙な形に歪《ゆが》めた。こっちはこれでよしとし、柊一は遠慮している早紀子たちに微笑《ほほえ》みかけた。

「このひと、うちの部長。ぼくの上司」

ふたりは顔を見合わせ、ほほ同時に背すじをぴっと伸ばし、深く頭を下げた。

「はじめまして、熊谷《くまがえ》早紀子です」

「吉野《よしの》萌です」

明るくはきはきとした自己紹介は好感の持てるものだった。篭目も笑顔こそ見せなかったが、ふむふむと何度もうなずいている。そうしつつ——サトリが彼女たちの内面を探っているのが、横にいる柊一にはなんとなくだがわかった。

心を読まれていると知ったら、彼女たちはいい顔はすまい。わかりきっていたことだったので、柊一は上司の能力に関しては口をつぐむことにした。

籠目も昨日今日サトリになったわけでもなし。〈いまどきの若い子〉の頭の中を覗いた程度でめげたりするはずもないし、早紀子たちがそんなめげるほど邪悪な心の持ち主とはとても思えない。

その手の能力のない柊一にさえ、彼女らの考えていることは大体予想がつくのだ。見るからに気難しい老人といった籠目を前にして、やや緊張気味。失礼のないようにしようと気を引き締めている反面、御霊部の部長と聞いて好奇心がうずきまくっているに違いない。

その予想は当たらずしも遠からずといったところだった。早紀子に限定するならば。

籠目の視線が早紀子から萌へスライドする。そのとき——彼の白い眉がぴくりと動いた。

萌も早紀子と同様、百点満点の笑顔で相手に悪い印象を与えまいとしていた。無理して笑っているのではなく、ごく自然にそうしているのだから、悪い印象などいだきようがない。

水色のワンピースは清潔感があってかわいらしい。長い髪を一本に結び、化粧っ気もないその容姿は、おとなしめで控えめと形容できるだろう。一見地味かもしれないが、年寄りには好感を持たれるタイプのはず。

が——籠目はじりっと一歩さがった。

「部長？」

雅行がいぶかしげに声をかける。

「どうかされましたか？」

「いや……」

すじばった手で口もとを押さえて、籠目は首を横に振った。

萌はにっこりと微笑んでいる。目尻《めじり》が微妙に波打っている。

境内のセミが鳴いている。朝の風は弱々しく、木漏《こ も》れ日は強烈にまぶしい。

籠目のこめかみを、汗がひとすじ流れ落ちた。はあっとため息が洩《も》れる。

「ここは陽射《ひざ》しがきつい……」

そうつぶやいた籠目の声はびっくりするほど弱々しかった。倒れられては大変と、柊一は少しあわてた。

「あ、じゃあ、拝殿で休んでください。見せたいものもあるんで」

「大丈夫ですか、部長」

雅行が出しかけた手を、籠目は首を振って拒否し、拝殿に向かって歩き出した。そのあとから、雅行がついていく。早紀子たちは心配そうとも、興味津々《しんしん》ともとれる目で籠目の後ろ姿を見送っている。

「本当に大丈夫かしら、部長さん」

気遣《きづか》う早紀子に柊一が、

「大丈夫だよ。年が年だから、いろいろ身体《からだ》に来ることも多いけど、そのわりに大病はしないたちだから」

そうフォローを入れると、萌が小さくつぶやいた。

「繊細《せんさい》なのね……」

「いやいや、そんな聞こえのいいもんじゃないって」

「虚弱体質とか……。きっと、お若いときからそうだったに違いないわ……」

「さあ、どうだろ？」

萌の表情は、うっとりと陶酔《とうすい》しているように見えた。どうしてあの老人に対してそんな顔ができるのか、柊一にはまったくもって理解不能だ。なんだか知らないけど御霊部の部長ということで多大なドリームを抱いているんだろうな、と思うばかり。そのドリームがいかようなものかは、彼の想像を大宇宙より遙《はる》かに超えている。

「えっと、それで、きみたち今日は？」

柊一が尋ねると、早紀子が思い出したように「あっ」と声をあげた。

「そう、わたしたち、見たのよ！」

勢い跳《は》ね上がった声に、柊一は圧倒されてしまった。朝っぱらから、彼女らは本当に元気いっぱいだ。

「何、見たって？」

「ミイラよ！　ミイラ、ミイラ！　しかもヤミブンとセットで!!」

早紀子の声は大きすぎて、拝殿にあがりかけていた籠目と雅行も足を止めて振り返った。彼らの顔には驚きが表れている。それは柊一も同様だった。

地元民の協力といっても、たいして役には立たないだろうと思っていた彼女らが、とんでもない情報を携《たずさ》えてきたのだ。

「その話、拝殿で聞かせてもらえる？」

「もちろん！」

そう答えると、早紀子と萌は柊一より先に拝殿へ駆けていった。

「お邪魔しまーす」

「失礼しまーす」

早紀子はスニーカーを、萌はサンダルを脱ぎ、きちんとそろえてから拝殿にあがる。先に拝殿へ入っていた籠目に萌がにこりと微笑みかければ、御霊部の部長はなぜか一瞬、身体を強《こわ》ばらせる。

しかし、さすがはサトリ。永年、他人の内面に触れ続けて自制心はひと一倍鍛《きた》えられたのか、それとわかるほど極端ではない。気づいているのは柊一と雅行だけである。ただし、ふたりともなぜ籠目がそれほどひくのか、理解できずにはいた。

（まあ、部長もさすがにあのふたりのパワーに圧倒されてるんだろうな）

そんなふうにあっさりと結論づけて、柊一も拝殿へとあがりこむ。

五郎神社の拝殿は風通しがよく、床も板張りで、冷房がされていないにもかかわらずけっこう涼しい。面積も充分あるので、御霊部のメンバーに早紀子たちと、計五人いても狭苦しさは感じない。

早紀子は床にぺったりとすわると、ミイラと遭遇《そうぐう》したいきさつを語り出した。最初の声が大きかっただけに、もっと興奮してしゃべるかと思いきや、彼女の説明はとてもわかりやすい。いささか早口になるときはあっても、大げさな表現はなるべく抑え、状況を正確に再現しようと努力している。

素人《しろうと》の言うことだから、ある程度は割り引いて聞いたほうがいいかもと柊一も思っていたのだが、その必要はすぐに感じなくなった。路傍《ろぼう》のマリア観音のくだりに至《いた》っては、よくぞみつけたと褒《ほ》めてやりたくなったくらいだ。

「じゃあ、ぼくも昨夜のことを報告させてもらいますけど――」

早紀子の報告が終わってから、柊一はおもむろに自らの体験を語った。夜を駆け回っていたカタコンベのミイラ、それと遭遇していたのは自分たちだけではなかったと知り、早紀子も萌も息を詰めて話に聞き入っている。

いち段落ついてから、柊一は祭壇の奥からおもむろに骨を取り出した。もちろんそれは、境内の新しい大穴の中でみつけた人骨である。

「ここも古い街ですから、地下から人骨のひとつやふたつみつかったって不思議でもなんでもないのかもしれませんけどね。『入らずの森』のカタコンベなんて、それこそ骨はインテリア用品になってるぐらいたくさんありますから。でも、ミイラがわざわざぶちあけてくれた穴の中からこれが出てきたっていうのが気になるんですよ。連中は何か探してるみたいだし、もしかして、この骨と連中の夜歩きは関係があるのかもしれない。部長はどう思われますか？」

ずっと難しい顔をしてすわっていた籠目は骨を受け取り、ますます気難しげな顔になった。ちなみに彼のいる位置は、間に雅行と早紀子を置いて、萌から最も離れている。

「そうだな」

籠目の視線がちらりと横に動いた。素人ふたりの存在を気にしているようだ。それを察した柊一が、

「それにしても……なんだか妙なことになってきちゃったね。きみたちを巻きこんでしまって、本当に申し訳ないんだけど」

そう切り出せば、期待にたがわず早紀子が、

「全然申し訳なくなんかないって。第一、これはわたしたちの住んでる街での事件なんだもん、他人事じゃないわ。わたしたち、もっとがんばるから。これから部室に行って『入らずの森』の監視してくる！」

と、こぶしを握って力強く言い切る。ある意味、期待以上だった。やる気満々なのが、はたからもわかる。いままで、萌と比べるとやや理性的だったはずの彼女が、いったいどうした風

の吹き回しなのか。

「何かあったら報告するからね。飛鳥井くんも、ヤミブンの新たな動きなんかをつかんだら、必ず必ずわたしたちに教えてね。必ずよ」

教えなかったら何かされそうな雰囲気である。

「ああ……」

成り行きでうなずいた柊一に満足したのか、彼女はにやりと笑うと勢いをつけて立ち上がった。

「じゃあ行こう、萌ちゃん」

「うん」

萌はワンピースの裾を押さえて立ち上がり、籠目に向かって丁寧《ていねい》に頭を下げる。

「どうもお邪魔しました」

そして、ふたりは『入らずの森』の監視をすべく行ってしまった。その行動力に柊一は感心すると同時に半《なか》ばあきれていた。雅行に至っては、にこにこと嬉しそうに笑っている。

「いい子たちでしょう？　夏休みを返上して協力してくれているんですよ」

「うむ……」

籠目の返事はいまひとつすっきりしない。彼女たちを敬遠しているようだが、その理由が柊一には思いつかない。

「まあ、彼女らのことはいいとして――柊一」

「はい」

「桜田《さくらだ》家に行くから、ついておいで」

「はい？」

なぜ、桜田家へ。そう問う前に籠目が答えた。

「この街のことはあの一族に訊《き》くのがいちばん早い」

まるでずっと昔から彼らのことを知っていたような口ぶりだった。


五郎神社を出た早紀子と萌は、舟山高校への道のりを徒歩で進んでいた。乃里子の家の近くから乗った市営バスを神社前で降りて直行してきたので、自転車はない。高校までかなり距離はあるが、そんな道のりの長さも彼女らはまったく気にしていなかった。

早紀子はミイラの謎をいち早く突き止めて、ヤミブンの鼻を明かしてやりたいと燃えている。萌はずっと目尻を波打たせている。

「ねえねえ、早紀ちゃん。籠目部長さんっておいくつだと思う？　六十？　七十？　それとも、もっと上かしら」

「はあ？」

振り向いた早紀子は、遅ればせながら萌の独特の笑みに気づき、うっと息を呑んだ。

「萌ちゃん！　またモウソウダケ自生《じせい》させてるわね！」

ふふふ、ふふふ、と萌は笑っている。

モウソウダケとは、妄想著《いちじる》しい人間の頭部に寄生する謎の生物である。最初はエノキダケに似たキノコがみっしりと生えてくる。それは宿り主の妄想の深さ・濃さに応じて急速に成長し、やがて孟宗竹《もうそうだけ》そっくりの外観となるのだ。

——もちろん、そんなものは実際にはない。あくまで想像上のものである。が、早紀子の心眼には、友人の頭に生えたモウソウダケがいつのまにやら立派な竹林《ちくりん》となって、夏の風にさわさわとその葉を揺らすさままで見えていた。

「まさか、まさか、あんなご老体にも関心あるの？」

かわいらしく肩をすくめ、萌は恥《は》じらう素振りを見せた。

「だって——五十年くらい前の籠目部長を想像してみてよ」

「できません」

友人の無理解な言葉にもめげず、萌は遠い目をして語り始める。

「ん……そうね、時代は太平洋戦争中かしら。籠目部長は徴兵《ちょうへい》されたばかりの初々《ういうい》しい美青年ね。当時から眼鏡はされてたのかしら？　だとしたら、ちょっとインテリっぽい感じ？　当然、野卑《やひ》な上官たちに何かと目のカタキにされるのよね。『貴様ァ！　それでも帝国軍人か

ァ！』『歯を食いしばれェ！』……そして、ぼろぼろになった籠目青年はろくな抵抗もできぬまま、上官たちの情欲の餌食《えじき》に――」

感極まって言葉を切った萌の前を、真っ赤なトンボが一匹飛んでいった。まだまだ暑さは衰《おとろ》えそうにないが、次の季節は確実に近づいてきている。そんなことを思わせるトンボの軌跡を、早紀子は虚《うつ》ろな目で追いつつ、つぶやいた。

「萌ちゃんは帝国軍人さんも守備範囲なんだ……。懐《ふところ》、広いんだねえ……」

褒《ほ》められたと勘違《かんちが》いしたのか、萌はさらなる妄想を展開させた。

「それとも、終戦直後で十一とか十二歳ぐらいかしら？　いがぐり頭の美少年って線もありよね。ＧＨＱのジープを『ギブミー、チョコレート！』って言って追いかけてたりして。そうすると、ジープを停めた米兵さんが『オゥ。日本《ニッポン》ノ男ノ子、ぷりてぃーネ！　ちょこれーとアゲルヨ、コッチ、オイデ』とか言って……。嗚呼《ああ》！　いがぐり頭のかわいい籠目少年は！　鬼畜米兵に路地裏に連れこまれ！　禁断の、禁断のチョコ……!!」

「やめなさい、やめなさい、やめなさい！」

早紀子は後ろから腕を回して萌の首をぐいぐい絞《し》めあげた。

「小学生以下を対象にすることは、わたしの倫理観が許さない！　たとえ合意の上だとしてもそれは犯罪なのだ！　絶対にいかん!!」

萌は嬉しそうに手足をばたつかせている。早紀子も主張していることは本心からだったが、何も本気で友人の首を絞めあげてはいない。仲よし同士がじゃれあっているようなものである。

「わかったわよ。わかったって。もうしないから」

さっきとは違う明るい笑い声を弾かせて、萌は降参した。

「わたしだって、もっと育っているほうが好みだもの。今度、籠目部長にお逢いしたときは、現時点のあのかたでいろいろ想像できるよう努力するわ」

「努力はしなくていい。努力は」

どうせ努力などしなくても、籠目老人を題材にした邪悪で耽美《たんび》な物語を、萌ならたやすく思い描けるだろう。相手が心を読むサトリだとも知らずに。

知らない者は幸いである。

そんなふうにはしゃいでいるうちに、ふたりは舟山高校に到達した。まず職員室に立ち寄って漫研の部室の鍵をもらい、いくつもの部室が集合している部室長屋へ向かう。彼女らが所属する漫研の部屋は長屋のいちばん奥、『入らずの森』に最も近い場所だ。

閉めきった部屋に入ると、早紀子はすぐに窓を全開にした。新鮮な空気が流れこみ、よどんでいた蒸し暑さをドアの方向へ押し出していく。

「ふわぁ」

大きく深呼吸し、窓から身を乗り出して森を見る。いろいろと噂のある森だが、そこから眺《なが》めた感じでは怪《あや》しい気配《けはい》など感じられない。緑いっぱいのすがすがしい空間である。

もっとも、早紀子には誠志郎《せいしろう》が有しているような霊能力などこれっぽっちもない。彼女自身はそのことにとても感謝している。見えすぎて日常生活に支障が出るようになるのはゴメンだ。怪奇現象はきゃあきゃあ騒げる娯楽程度にあればいい。ただ……最近、霊よりもアブナげなものに遭遇する機会が増えたような気はするが。

振り返ると、萌は荷物の中から絵コンテ用のノートと筆記用具を取り出し、長机の上に広げていた。コピー誌作りにやる気満々である。

「萌ちゃん、燃えまくってるわね」

「そりゃあ、もう、さくさく進んでるわよ」

萌が嬉しそうに答える。漫研部長の早紀子は、幽霊部員たちの喉に彼女の爪《つめ》の垢《あか》を煎《せん》じて無理矢理流しこんでやりたい衝動に駆《か》られた。

「見る？」

見て欲しそうに、それでも、ちょっと恥ずかしそうに萌がノートを差し出す。

「見る見る」

早紀子はさっそく折り畳《たた》み椅子《いす》にすわって、ノートを広げた。無地のノートに鉛筆描きで綴《つづ》られているのは、アクションシーン満載のヒーローもの――と、聞いていたのだが、最初のコマにはでんと大きく『お城』と文字書きされていた。

「ファンタジーもの？」

「ううん。それ、美形悪役の秘密基地。イメージが岩ごつごつの奇巌城《きがんじょう》だから」

奇巌城の主《あるじ》である悪役は、三段ぶち抜きで華々《はなばな》しく描かれていた。ごてごてした角《つの》つきのかぶりものを頭に載せ、くるぶしまで達するほど長いマントをまとい、触ると手のひらに刺さりそうなトゲトゲしい装身具をじゃらじゃら下げている。

美形悪役と、わざわざ銘打つだけあって文句ない美形である。底意地の悪そうなまなざしがモデルの面影をよく伝えている。

次に出てきたキャラクターは前髪のひとふさだけが金色。モデルは誠志郎に間違いあるまい。

「うむ？　……萌ちゃん、ひょっとして、さっそく楠木《くすのき》さんは敵に捕まってるのかな？」

「そりゃあ、受けキャラだもの」

萌は当たり前だと言わんばかりに答えつつ、お茶の準備をしていた。

「飛鳥井くんとコンビを組んで地球の平和のために闘っていた楠木さんは、戦闘の最中に敵の手に落ちて秘密基地に連れ去られ、美形悪役から毎夜、毎夜、激しい拷問《ごうもん》を受けているのよ」

拷問するのに夜である必然性がどこにあるのか、早紀子にはわからない。否《いな》、わかりたくない。そんな友の気持ちなどお構いなしに、萌はストーリーを語っていく。

「さらに美形悪役は、そのリアルタイム映像をわざわざ飛鳥井くんのところに送りつけて見せびらかすの。飛鳥井くんはそれはもう、わが身を掻《か》きむしって苦しむのよ……」

問題のシーンはページをめくった先に展開されていた。早紀子は瞬間、顔をひきつらせ、それからおもむろに、ふき出しに書きこまれた台詞《せりふ》を棒読みした。

「『ほぉら、おまえが早く助けに来ないから、いまではこの男もこんなに従順な奴隷《どれい》になって……』『見るな！　見ないでくれ、飛鳥井……！』『ふふふ……』」

「うふふ……」

美形悪役の含み笑いと萌の邪《よこしま》な笑いとが重なる。早紀子は重いため息をついた。

「萌ちゃぁん、この『奴隷』って表現はちょっとどうかなぁと思うんだけどなぁ」

「あら。部内誌だから学校側に提出する必要ないんでしょう？　だったら、これくらい」

「うん、でもね、とりあえず部室にはこの先何年も残るわけだし、桜田先輩とか、男の子の部員も読むわけだし」

「これでも自主規制、ちゃんとしてるのよ。楠木さん、ちゃんと服着てるでしょ？」

ただし、その服はところどころ破れ、露出《ろしゅつ》した肌には拷問の爪あともきっちりしっかり描かれている。その身を拘束《こうそく》する鎖《くさり》の描きこみも手を抜いてはいない。まだ絵コンテの段階だというのに、この熱の入りようは素晴らしいのひと言に尽《つ》きた。

そこまでやりたいのなら、煩悩《ぼんのう》のおもむくままやらせてやってもいいのではないか。どうせ、コピーでほんの小部数作るだけ。あまり厳《きび》しく規制しても仕方ないし、第一、萌にヘソを曲げられ「もう描かない」と言われても困る。

そんな悪魔のささやきが、早紀子自身の内部から聞こえてきた。そこへさらに、傾きかけた弱小クラブの部長としての計算も加わる。

「まあ、その。ぎりぎりオッケーかな、この描写なら。うん、これは立派に拷問シーンだわ。うん、なんの問題もない。ないない」

まるで自分に言い聞かせるように早紀子は繰り返した。

「がんばれ、萌ちゃん」

「ありがとう。それで、早紀ちゃんは？」

「はい？」

「原稿よ。このままだとコピー誌、わたしの個人誌になっちゃうじゃないの」

「わたしの原稿ですかぁ」

早紀子は困惑顔でつぶやいた。考えてみれば、春に部誌を出して以来、簡単なイラストをノートに鉛筆描きすることはあっても、コマ割り等はおろか丸ペンを握ってさえいなかったのである。

「漫画描きは描き続けてないと線が荒れちゃうわよ」

「そうなんだよねえ。わかっちゃいるんだけどねえ」

残念ながら、早紀子には萌のように創作意欲をかきたててくれるような素材が身近にいない。柊一たちの一挙一動に熱くなる友人を横目で見ていると、あきれると同時に少しうらやましかったりもするのだ。

「描くことは描くわよ。でも、話が浮かばなくってねえ。どうしようねえ……」

「創作の源は〈愛〉よ。恥ずかしがらずに、自分の好きなものを好きなように描けばいいのよ。そうして描き続けていくうちに技術も向上していくんだし」

「はあ、ご説ごもっともなんですが……」

憂鬱《ゆううつ》な声を洩《も》らしていると、ふいにドアがノックされた。振り向くと、あけっぱなしのドアの前に美也《みや》が立っている。彼女は無表情に「来たわよ」とひと言だけ口にした。恩着せがましい響きもなければ、親しみもない。

それでも、早紀子は反射的に立ち上がり大声で叫んだ。

「小城《おじろ》さん、来てくれたんだ！」

誘いはかけたものの本当に来ると期待していなかっただけに喜びもひとしお。ちょうどコピー誌のことを憂れえていた早紀子の目には、美也の顔に大きく『原稿』と描かれた文字が見えてしまう。

「ささ、どうぞ、どうぞ！」

早紀子が折り畳み椅子を勧めれば、萌はお客さま用の湯呑《ゆの》みを引っぱりだし素早く茶の用意をする。ふたりの熱烈歓迎ぶりに美也はいぶかしげな顔を見せたが、そこで帰ろうとはせず黙って椅子にすわった。

　早紀子は向かい側の席にすわり直し、さっそくコピー誌の話題を切り出す。

「あのね、あのね、いまちょうど、コピー誌の話してたのよ。うちの部、お金ないから、みんなでコピー代出し合ってってことになるんでページ数そんなに多くできないんだけど。でね、これ、いままでうちで出してた部誌の『ユニコーン』ね。これは印刷代、学校からのお金使ってるんで、原稿の段階で提出して、これでいいかっておうかがい、たてなくちゃいけないの。滅多《めった》に口出されることはないんだけど、あんまり過激な内容だとお金出してもらえないのね。でも、コピー誌ならそんな必要もないわけ。内容も自由よ。どうでしょう、お嬢さん。高校生活の思い出にぜひとも参加しませんかって、ええ、そういうことなんだけど」

　しゃべっているうちに興が乗ってきた早紀子は机の上に両手をつき、半ば無意識に身体《からだ》を前に乗り出させていた。美也はそんな相手を冷静に見上げている。

「――で、どうかな？」

　目にぐっと力をこめ、熱くみつめる早紀子。彼女が机に置いた手に、美也はすっと自分の手を重ねた。視線を合わせたまま、問いかける。

「そんなに欲しいの？」

　切れ長の瞳がじっと見上げている。口紅もひいていないのに赤く潤《うるお》っている唇がきれいすぎて、魅入《みい》っているうちに返す言葉が遅れた。美也の台詞《せりふ》の響きはさらに遅れて、じわりと脳に染み渡る。

妙に妖《あや》しく聞こえる問いに返答をためらっていると、近くで「くすっ」と笑う気配がした。振り向けば、萌が顎《あご》の下で両手を握りしめ、満面に笑みをたたえてこちらを見ている。ボーイズラブ系の妄想にひたっているときのような、目尻の波打ちはない。だが、大きく見開いた瞳がやたらめったら、きらきらと輝いている。

——萌ちゃん。

早紀子は目で友人を叱《しか》った。

——変な想像しないでよ。

言葉にしていないメッセージを正しく汲《く》み取ったらしく、萌は瞳を輝かせたまま首を左右に振った。そのまなざしが語っている。

——全然変じゃないわよ、早紀ちゃん。何度も言ってるじゃない。愛は尊いわ。薔薇《ばら》も百合《ゆり》も、咲き誇る花は美しくってよ。

早紀子は小さく息を吐き、改めて美也に向き直った。

「欲しいです、原稿」

美也は軽くうなずき、手を離した。

「評論文を二ページ。それでいい？」

「うん！」

「テーマは『レディスコミックにみるエロスとタナトス』」

「……好きにしてください」

　何はともあれ、これでひとり分の原稿とコピー代を確保できた。萌が努力をねぎらうように緑茶を出してくれた。早紀子はありがたく湯呑みを受け取り、椅子にすわり直して、ほっとひと息つく。火傷《やけど》しそうに熱い茶がおいしい。

「さあ、幽霊部員の一年生もぎりぎり締めあげないとね！」

　安堵《あんど》感から思わずそう言ったのを受けて、美也が問う。

「あなたは描かないの？」

　早紀子の表情が固まった。藪《やぶ》をつついて蛇を出してしまった心境だった。

「そりゃまあ描くけど、最近、閃《ひらめ》くものがなくって」

「春の部誌の作品、悪くなかったわよ。あの路線でまた描いたら？」

「でも……」

　尻ごみする早紀子に対し、ここぞとばかり萌も後押しする。

「描こうよ、早紀ちゃん。高校生活の思い出にしようよ」

　創作意欲に燃えている人々から強く説得されると、いやとも言えない。それに、描きたくないわけではけしてないのだ。

「うん……努力してみますです」

早紀子はそう約束して力なく笑った。

途中まで市営バスを使って、柊一と籠目は桜田家へ出向いた。雅行は五郎神社で留守番役である。

「また何か異変があったらいけないから、わたしはここに残りましょう」

と、もっともらしいことを言っていたが、真夏の日中、外を出歩くのは極力さけたいからに違いない。

蟬時雨《せみしぐれ》も、早朝鳴くミンミンゼミからクマゼミの声に代わり、アスファルトの道路にはゆらゆらと陽炎《かげろう》が立っている。吸血鬼並みに直射日光を嫌う雅行でなくても、出歩きたくない陽気だ。

こんなに蒸し暑くてはご老体のサトリが倒れはしまいかと心配にもなるが、そんな気遣いは必要なさそうだった。バスを降りてから先、桜田家への道のりを彼は迷いのない足取りで、地図も見ずに歩いていく。部長は以前にもこの道を通ったことがあるのだと柊一は確信した。

その思考を読み取ったのか察しただけなのか、サトリがぽつりと言った。

「二十年も前だがな」

「ああ、そうなんですか」

五郎神社に祀《まつ》られている御霊は、二十年ごと——それも冬の寒さが厳しくて春先に大雨が降った年には要注意。そういう年の夏には御霊が祟《たた》り神としての本性のまま暴れだしかねないと、いつからか御霊部に伝えられてきた。その言葉に従い、二十年前には籠目がこの街を訪れていたのである。

そのことは柊一も、いまは亡き五郎神社の宮司から聞かされていた。ただし、桜田家とも接触していたとは知らなかった。

（桜田家のあの大奥さまとやらと逢ったってことだろうか？）

そう思いつつ、柊一は昨日逢った老婦人の凜《りん》とした姿を脳裏《のうり》に描いた。意識してそうしたわけではなかったのだが籠目は反応し、ふっと小さく笑った。

「多季《たき》さんはいまもお元気なようだな」

それが彼女の名なのだろう。

「とても元気ってわけではなさそうですよ。孫が言ってたんですが、血圧が高いんだとか」

「そうか。二十年も経《た》っているからな」

昔を懐かしむような響きがその声には混じっている。思い出の邪魔をしては悪いような気がして、かといって変に勘ぐってもいけないような気もして、柊一はそれ以上言うのはやめた。

桜田家の本家の門までたどりつき、インターホンのボタンを押す。返答はすぐにあった。

「はい？」

機械を通じて、やや割れて響いた声が応対に出る。そんな声でも、相手があの無愛想な少年だとすぐにわかった。

「五郎神社の者ですが――」

返答はない。もしかして門前ばらいをくらわせる気かと案じていると、門扉《もんぴ》のむこうでかちゃりと音がした。

軋《きし》みつつ開いた扉の隙間から顔を覗かせたのは、思ったとおり昨日の少年だった。にこりともしないのも、昨日と同じだ。

「どうぞ」

素っ気ない口調だったが、さすがに籠目に対しては「入れ」とは言わない。そのことが癇《かん》に障《さわ》って、柊一はむっとした顔で上司のあとに続き、桜田家の門をくぐった。

通されたのは昨日と同じ部屋だった。案内した少年は「ここでお待ちください」と感情のこもらない声で言い立ち去った。彼がいなくなってから、籠目は柊一を振り返って微苦笑する。

「そんなに怒るんじゃない。いきなり押しかけてきたのはわれわれのほうなんだから」

「怒ってなんかいません」

「怒っているとも。そんな様子では心を読むまでもない」

ふと、籠目はその白い眉をひそめた。

「あの少年……心を読まれないようガードしていた」

籠目の能力を知っていた、すなわち、御霊部のことを知っていたことになる。しかも、サトリに対して完璧にガードができたのなら、それなりの訓練を受けた者、もしくは特殊な能力を持つ者という可能性がある。

「それって……」

柊一の言葉は宙に浮いた形になった。長い廊下をこちらに向かって歩いてくる誰かの衣ずれの音が聞こえてきたからだ。

「お待たせいたしました」

今日は見た目にも涼しげな藍《あい》色の着物姿で、桜田家を取り仕切る老婦人――桜田多季が現れた。軽く頭を下げ、彼女は籠目に親しげに微笑みかける。

「お久しぶりですわね、善衛さん」

音だけだと女性と間違えかねないその名前で、サトリの部長を呼ぶ者はほとんどいない。柊一は籠目の表情をちらりと横目でうかがった。いつでもいかめしい顔をしている部長が懐かしむように目を細めているのを見て、驚いてしまう。

「多季さんはお変わりなく」

「まあ。とんでもございませんわ。こんなおばあちゃんになってしまって」

そうは言うが、右手ですっと口もとを隠して微笑む彼女は妙になまめかしい。

もしかして、このふたり、二十年前に何かあったのかと邪推《じゃすい》してしまい、そんな自分に柊一は少々あわてた。サトリのそばにいるときは常にプライバシーを守るための心理的障壁を立てているが、それでもこの邪推を上司に看破《かんぱ》されてしまうのではと余計にあせる。が、隣にすわった柊一のことなど籠目の眼中にはなさそうだった。

「こちらに案内してくれたあの少年は……」

「孫の裕樹《ひろき》です。もうあとふたり、孫がおります」

「お孫さんですか。では、あの娘さんの」

「いいえ。裕樹は長男の子で」

思わず、柊一が横から口を挟んだ。

「ってことは、宗一郎《そういちろう》さんの弟さんですか？」

「はい」

あまり似ていない。他人に対する態度も兄弟で正反対だ。だが、根っこは同じかもしれないなと柊一は思い直した。兄の宗一郎はおだやかな物腰と優しい口調と笑みで厚い壁を造っている。弟が張り巡らせた壁は、とげとげしい態度と素っ気ない物言いでできている。

（兄貴のほうがタチが悪いかも）

偏見かもしれないと自覚した上で、柊一はそう思った。

（あの裕樹ってガキが部長に対してガードしていたのも、御霊部のことを知っていたのなら納得できる。ってことは、兄貴のほうも当然知っていたわけで……）

氏子総代《うじこそうだい》と称して五郎神社を訪れた際の桜田宗一郎の完璧なまでの笑顔を思い出すと、苦々しさがこみあげてきた。だまされた、という思いに近い。その気持ちは上司にも向けられていた。

家政婦が冷茶を運んで立ち去ったのをきっかけに、

「どうして部長はこちらのかたがたが御霊部の存在をご存知だと、ぼくに前もって知らせてくれなかったんですか？」

と言ってみた。普通に言おうと努力したのに拗《す》ねているように聞こえるのがいやで、柊一の唇が無意識に歪む。籠目と多季がそろって共犯者めいた苦笑を洩《も》らすのがまた腹立たしい。

「桜田家を煩《わずら》わせる必要があるかどうか、わからなかったものだからね。二十年ごとに決まって御霊が暴れ出すというものでもないし」

「でも」

「こちらのかたがたは、できるだけそっとしておいて欲しいとの意向だったんだよ。それは二十年前と変わらないんですよね、多季さん？」

「ええ、ですが」

問われて多季は静かに答えた。

「今回はそうも言ってはいられないようですね。霊廟《れいびょう》で眠っておられたかたがたも、そう悟られたご様子で——」

霊廟と聞いて、柊一が即座に反応した。

「カタコンベのミイラですね？」

多季がうっすらと微笑む。カタコンベだの、ミイラだのといきなり言われても、まるで動じていない。何もかも――ミイラがカタコンベから這《は》い出して、この街を徘徊《はいかい》していることも。おそらく、その目的をも――知っている顔だ。

「その昔、この街に隠れキリシタンがいたことはご存知ですわね？　わたしたちはその裔《すえ》。『入らずの森』を、霊廟で眠るかたがたを、四百年の間、ずっと見守ってまいりましたわ」

庭からの風で簾《すだれ》が揺れる。どこを見回しても純和風な造りの住まい。目の前に端座する老婦人もゆかしい日本の賢夫人といった風情だ。なのに、その彼女の口からキリシタンという言葉が出ても、柊一はなんの違和感も感じなかった。この土地の歴史を知ったうえで、ヘブライ語の唄《うた》を歌う美也や、教会のミサに出席する宗一郎を見たからかもしれない。

「じゃあ、ミイラがどうして歩き回っているのかも、ご存知なんですか？」

柊一はたまりかね、いまいちばん答えを知りたかった疑問をいきなりぶつけた。籠目は部下の非礼を咎《とが》めるように睨《にら》みつけたが、逆に多季は自身の孫を見るように目を細めた。

「ええ。あのかたがたは、かつての主君の遺骨を集めていらっしゃるのです。この土地と神の教えを守るために殉教者となられた若君の聖遺骨を」

夏の陽がだいぶ西に傾いて空の青みは薄れ、うるさい蟬時雨《せみしぐれ》もおとなしくなってきた。

早紀子は部室の窓から黄昏《たそがれ》ていく『入らずの森』を眺め、大きく背伸びをした。

「今日のところはなんにも起きなかったわね……」

ヤミブンも現れなかった。不気味なうめき声が聞こえてきたり、ミイラが木々の合間からキョンシーのように飛び跳ねてくることもなかった。それはそれで喜ばしいのだが、残念との思いがどうしてもぬぐえない。

「何か起こるって期待していたの？」

すぐ後ろで美也の声がして、同時に肩にそっと手を置かれた。白檀《びゃくだん》に似た香りが鼻孔《びこう》をくすぐる。早紀子は遅ればせながら自分の失言に気づき、あわてて振り返った。はずみで美也の手が離れる。そんなつもりはなかったのだが、なんとなく、はらいのけたような形になってしまった。

「あ、ごめん。あの、びっくりしちゃって」

美也は何も言わない。切れ長の瞳からはその心情を読み取りにくい。心底困ってしまった早紀子は萌に助けを求めた。

「あのさぁ、萌ちゃん、そろそろ帰ろうか」

「そうねえ」

萌は机の上に広げた漫画原稿用紙をひとつにまとめて、うなずいた。美也の手を早紀子が図らずしもふりはらってしまった瞬間は見ていない。

自身の原稿の進み具合に、至極《しごく》満足そうである。部室で早紀子と他愛もないおしゃべりをしながら彼女はずっと手を動かしていた。飛鳥井少年を主人公にした、拷問シーン満載のアクション・ヒーローものは、もう下描き段階に入っている。

美也は萌の原稿を覗きこみ前髪の黄色いキャラクターを見ても、何も言わなかった。本当は思うところがあったかもしれないが、彼女は黙って、部室に置きっぱなしの漫画本を読みふけっていた。

「当然、五郎神社に寄るんでしょう?」

萌に訊かれて、早紀子がうなずく。

「うん、とりあえず報告……」

「報告?」

美也が聞き咎め、本を置いた。

「五郎神社に『入らずの森』の報告をしに行くわけ?」

ずばり正解を言い当てられて、早紀子も萌も言葉を失った。御霊部のことはまだ美也は知らないはずと彼女らは思いこんでいるのだから、それは当然の反応だった。

なんとかごまかそうと言葉を探すふたりをさらに追い詰めるようなことを、美也はさらりと口にする。

「御霊部と深く関《かか》わるのは勧《すす》めないわ」

「小城さん、御霊部のこと知ってるの!?」

早紀子の問いに、美也は窓枠に背中を預けて答えた。

「知ってるも何も、あの鈴使いが自分から正体を明かしたわよ」

「そうなんだ……」

脱力すると同時に、じわじわと腹立たしさが早紀子の中からこみ上げてきた。うかつに御霊部の名を出さないよう気をつけていたのが馬鹿らしく思えてくる。こんなに熱心に協力しているのに、御霊部はそれをわかってくれていなかったのか。

「じゃあ、カタコンベのミイラがうろついていることも筒抜け？」

美也はわずかに首を傾げた。否定とも肯定ともつかない所作《しょさ》だったが、全然驚いていないところを見ると、知っているに違いないと判断せざるをえない。

「じゃあ、ヤミブンのことも知ってるんだ！」

美也の瞳がすっと細まったが、早紀子はそれに気づかなかった。

「もう！　だったら、秘密にしなくちゃって気を遣《つか》うこともなかったんだ。なんかわたし、損した気分だよ、小城さん！」

美也に当たっても仕方ないと頭では理解していても言わずにはいられない。言ったところで気は晴れない。早紀子はとまどい顔の萌の腕をぐっとつかんだ。

「萌ちゃん、早く神社行こう！」

「あ、あ、うん。ちょっと待って」

友人の剣幕に圧《お》されて、萌は描きかけの原稿をあわただしくバッグに詰めこんだ。

「小城さん、部室の鍵、職員室に返しておいてね！」

そう言い放つや、早紀子は足音も高く部室を飛び出した。萌がそのあとから「待ってよ、早紀ちゃん」と呼びながら追いかけていく。

少女たちのにぎやかな足音が部室長屋の廊下を駆け抜けていき、やがて聞こえなくなると、ひとり残された美也はけだるげな視線を窓の外へ向けた。

夕刻の黄色がかった光の中、『入らずの森』の梢が風を受けて微《かす》かに揺れている。眺めているだけで酷暑をまぎらわせてくれるような濃い緑。だが、夜ともなれば、この森はうずくまった大きな獣《けもの》がそこにいるような圧迫感を放つことを美也はすでに知っていた。揺れる梢はすがりつく亡者の腕となり、葉ずれの音は彼らの怨嗟《おんさ》の声にしか聞こえなくなる。

美也は長い髪を後ろに掻きやると窓を閉め、鍵を取って部室から廊下へと出た。かかりの悪いドアの鍵を一度できれいに回してみせる。

顔を上げた彼女の視線の先、夕陽の射しこむL字廊下の曲がり角の手前に、いつのまにか男がひとり立っていた。宗一郎だ。

美也は眉ひとつ動かさず、彼に近づいていった。長屋の出口がそのむこうにあるので行かざるをえないのだ。

宗一郎はいとこが充分近づいてきたのを見計らって口を開いた。

「御霊部のサトリが、いま、おばあさまのところに来ている」

「そう」

簡潔《かんけつ》すぎる返事と動かない表情が、まったく関心がないと告げているも同然だった。宗一郎がわずかに口もとを歪める。

「ヤミブンとかいうのも姑息《こそく》に動いているよ。北東のマリア観音と、北西の水場《みずば》に現れた。いまのところ、後手《ごて》、後手にまわっているようだが、気をつけたほうがいい」

美也は関心のなさそうな顔のままで宗一郎の脇を通り過ぎようとする。そんな彼女の腰に、宗一郎はいきなり腕を回した。

引き止められ、自然な流れとして顔を上げた美也の唇に宗一郎の唇が重なる。腰に回したほうとは違う手が、彼女の胸のふくらみを鷲《わし》づかみにする。

が、次の瞬間、美也は宗一郎の胸を強く押し戻し、突然の抱擁《ほうよう》から身をもぎ離した。同時に、突き出した手に握っていたものを、彼のシャツの胸もとから中へと落とす。ちゃりんと音を立てたのは部室の鍵だ。

「それ、職員室に返しておいて」

そう言うと、美也は何事もなかったかのように廊下を歩き出した。宗一郎はシャツの上から鍵を押さえ、ますます苦《にが》みばしった苦笑を浮かべた。

「どこへ行く？」

振り返らず、歩きながら美也は答えた。

「五郎神社」

理由はもちろん、言わずもがなだった。


「怒らせてしまったようですね」

黄昏《たそがれ》の光が簾の合間から射しこみだした客間で、多季は籠目にむかってそう言った。サトリの隣にすわっていた柊一はもういない。桜田家の秘められた過去とカタコンベのミイラに関する謎をひととおり聞いたあと、五郎神社に戻っていってしまったのだ。

怒りをあらわにするような言動はけしてしなかったし、心を読まれぬよう心理的な障壁もきちんと築いていたのだが、いかんせん、彼は若すぎた。サトリではない多季にも、柊一の憤慨《ふんがい》ぶりはしっかり伝わっていた。

「うちの者がご不快にさせたのでしたら……」

「いえいえ」

謝罪しようとする籠目を、多季は首を左右に振って押しとどめた。

「わたくしも意地悪をしてしまいましたわ。御霊部のお若いかたがどれほどの力の持ち主か、探ってみたいと思いましてね。あのかたがいろいろと聞き出したくてうずうずしているのを知っていて、じらしてしまいました。隠すのが癖《くせ》になっているのかもしれません。先祖と同じで」

「わたしからきちんと前もって伝えておけばよかったのでしょう。どうも、ひとの心を覗くのに馴《な》れていると、言葉を遣うのが不得手で」

「その力も、疲れるものでしょうに」

「いえ……」

否定しようとして何か思い至ったのか、籠目は眼鏡の中心部を押さえて口ごもった。

「まあ、最近の若い者の考えにはさすがについていけなくなりましたが」

「あらまあ」

つられて笑った多季がふと口をつぐんだ。籠目も、同時に顔を上げる。ふたりの視線は同じ方向——黄昏の庭へと向けられていた。

簾越《すだれ》しに、細い人影が見える。夏草の繁る庭の中央に立ち、こちらをじっとうかがっているような影が。

いつのまにか、セミの声が聞こえなくなっていた。庭に立つ何者かの放つ負の気配に、虫たちまで圧倒されたかのように沈黙している。

息が詰まりそうなほど無音の空間に、しゅっと多季の着物の裾さばきの音が響いた。彼女は庭に面した廊下へ出ると、簾を巻き上げ、その場に膝を折った。

「お待ち申しあげておりました」

多季が深々と頭を下げた人影は、ぼろぼろの僧衣を身にまとっていた。首から下げているのは金の十字架《クルス》。カタコンベのミイラだ。

ただし、五郎神社に現れたものとは違う。その腰は斜め前に曲がり、まばらに残っている髪はすべて白髪《はくはつ》――老人のミイラだった。

多季は立ち上がって客間に戻ってくると、桐タンスの上部の棚から古めかしい木箱を取り出した。紐をほどき、蓋《ふた》をあけ、布に包まれた何かを両手ですくいあげる。それを捧げ持ち、廊下へ戻ってしゃがみこんでから、包みを広げてみせる。

包みの中から現れたのは、薄茶色に変色した髑髏《どくろ》だった。

「若君の――じゅあんさまの首級《みしるし》にございます」

その瞬間、立ちすくむミイラの口から洩れいでた声は、まるで黄泉《よみ》の国に響き渡る幾千の慟《どう》哭《こく》のようだった。

ひからびた腕を上げ、ミイラはよろめきつつ前に進む。多季の手から髑髏を受け取り、再び

声をあげる。生前の苦しみ、嘆きを思い出したかのように、長く尾を引いて響き渡る声。眼球のない眼窩《がんか》から存在しない涙が流れていくのが見えるよう。

さしもの籠目部長も息を呑んでこの光景をみつめていた。が、多季はすぐ近くにミイラが迫っているというのに、まるで動じていない。腐臭に顔をしかめもしない。それどころか、いたわるようなまなざしをミイラに向けている。

「さあ、行かれませ。次の場所へ」

多季のその言葉に突き動かされたように、髑髏を腕に抱いたミイラはゆっくりと後退していった。庭の夏草が、忍び寄る宵闇《よいやみ》が、その姿をひと目から隠すように包みこんでいく。

徐々に遠のく死者の姿を密かに身震いしつつ見送っていた籠目は、ふと、庭先にもうひとつ人影が立っていることに気づいた。

サトリに長く気取られぬほど完璧に気配を消してそこにいたのは、あの愛想のまったくない少年——裕樹だった。彼がいつからそこにいたのかわからないが、おそらく、万が一の事態から祖母の身を守るために待機していたのだろう。

籠目が驚いたことに、彼の足もとには大型犬のような、だが絶対に犬ではない異形の獣が忠実な僕《しもべ》のごとく伏せていた。その獣は籠目の視線に気づくと、威嚇《いかく》するように蛇そっくりの長い舌をしゅるりと伸ばした。

第四章　諸人《もろびと》こぞりて

夕陽は山の彼方《かなた》に沈んだ。名残《なごり》の光をたたえた空を見上げれば、雲がかなりの範囲に勢力を広げている。今夜の星は探しにくいだろう。

そんな夕空の下を、市営バスがひた走っている。五郎《ごろう》神社前を経由するそのバスに乗って、柊一《しゅういち》は帰路に就《つ》いていた。

窓枠に肘《ひじ》を掛け頬杖《ほおづえ》をついた彼の表情は、けして明るいものではない。当人は意識していないが、ときおり、眉間《みけん》に縦皺《たてじわ》が寄る。

そんな顔になるのも無理はなかった。この猛暑の中、菓子折りをかかえて桜田《さくらだ》家を訪問したり、その足で教会に向かったり、試行錯誤《しこうさくご》と知りつつ地道な働きをしていたのに、すべて無駄《むだ》足にすぎなかったと思い知らされたのだから。

（四百年、この街を見守り続けた隠れキリシタンの末裔《まつえい》だと？　江戸《えど》時代じゃないんだから、そんなにいつまでも隠しておくことないじゃないか。あほらしい）

そのいらだちは籠目《かごめ》部長と桜田家の老婦人ばかりでなく、美也《みや》と宗一郎《そういちろう》にも向けられていた。彼女が巫女《みこ》舞いの練習と称して五郎神社に通ってきていたのも、いまなら御霊部《ごりょうぶ》の動向を探るためだったのだと推測できる。

（なのにぼくは一生懸命、御霊部の説明なんかして）

美也は腹の底で嘲笑《あざわら》っていたのかもしれない。いや、そんな感情すらもなく、「なに言ってるんだ、こいつ」程度だったのだろう。ミサのあとで街の歴史を語ってくれた宗一郎も、あのおだやかな笑みの下からじっとこちらの反応をうかがっていたに違いない。彼らしい。次代の桜田家を担《にな》う者として自覚も自信も充分持っているようだ。

（桜田一族か……。どいつもこいつも食えない感じ……）

禁教令はすでに消滅《しょうめつ》しているのに、先祖からの教義を秘《ひ》め続け、守り続けている一族。教会に通っていてもカトリックに改宗したわけではなく、あくまで隠れ蓑《みの》にしているにすぎない。異界からの神霊を召喚《しょうかん》し、夕闇に隠れてさまよい歩くミイラを『あのかたがた』などと親しげに呼び――

ふと、柊一は思った。

（あの眼鏡野郎も、いとこみたいに神霊を呼べるのかな？）

今度逢《あ》ったら訊《き》いてみよう、ついでにこの鬱憤《うっぷん》の何パーセントかを皮肉にしてぶつけてやろうと考えていると、車内にアナウンスが流れた。

『次は五郎神社前。五郎神社前』

降車を知らせるボタンを押そうとして、その手を途中でひっこめる。ここで降りずにもう少し先に行って、コンビニでアイスキャンディーでも買ってこようと思いついて。雅行《まさゆき》には子供っぽいと笑われるかもしれないが、衝動《しょうどう》買いにでも走らないと腹の虫が収まりそうになかった。

安内《あんない》市の駅前に設置された電話ボックスの中で、誠志郎《せいしろう》は汗をだらだら流しながら長距離電話をかけていた。『入らずの森』に長いこといたせいもあってか、彼の携帯電話はついに壊れてしまったのだ。

辺りはまだまだ明るいのに、早くも羽虫が現れてボックスのガラス戸に貼《は》りついている。それを狙《ねら》って、イモリが白い腹を見せつつ下方から這《は》い登ってくる。こんな狭苦しい場所からは早いところ脱出したいのだが、話の相手がなかなか解放してくれない。

「ですから――そちらからの資料を参考に、安内市にある隠れキリシタン関連の場所に行ったんですけど――はあ、まあ、残念ながらミイラには逃げられ、連中が何を目的にさまよってるのか皆目《かいもく》わから……」

電話の相手はいきなり怒号《どごう》を発した。その音量の大きさに、誠志郎は顔をしかめて受話器を遠く離した。ガラスのむこうのイモリまでが驚いたのか、歩みを止める。

誠志郎はひと呼吸おいて再び受話器を近くに寄せ、げんなりした声で先を続けた。イモリも再びのそのそ進み出す。

「そんなこと言わないでくださいよぉ。頼むから教えてくださいってば、次のミイラ出現ポイント。この際、お得意のタロット占いでもなんでも全然構いま……あ、いえ、そういう意味では。はっ？　はい、はい、あ、ちょっと待ってください、メモ取ります」

小さな手帳にボールペンで走り書きをすると、彼は唐突《とうとつ》に背すじを伸ばし、四十五度の角度で頭を下げた。

「どうも、ありがとうございました！　はいはい、わかってますって。まあ、ぼくは個人的には御霊部とそんな事を荒立てたく……はい、はいはい、わかりましたよ。それじゃ」

受話器を下ろし、緑の電話機に片手をついて深く嘆息《たんそく》する。上司と電話で会話をすると、面と向かって話すよりもずっとむこうが一方的にしゃべるので疲れる。

誠志郎は足でボックスのドアを押しあけて外へ出ると、深く息を吸いこんだ。中に比べれば、外は格段に涼しい。

ボックスの前には赤いオープンカーが停《と》まっていた。運転席で克也《かつや》が安内市の地図を広げて見入っている。誠志郎が近づいていっても顔をあげようとしない。

助手席側のドアに両手をかけ、誠志郎は首を伸ばして地図を覗《のぞ》きこんだ。ボールペンで直線が一本引かれているのが非常に気になる。

「その線、何か意味あるのか？」

克也はキャップをつけたままのボールペンを地図の上に走らせた。

「こっちの点は、道端にマリア観音《かんのん》が置かれていた場所。そして、こっちの点は当時の信者たちが洗礼を受けたという泉のある場所」

その二カ所は、霞ヶ関《かすみがせき》からの情報を得て、彼らが密《ひそ》かに出向いた場所だった。

マリア観音が祀《まつ》られていた近くには確かにカタコンベのミイラが現れている。泉ではミイラと出くわさなかったものの、水場を固めるコンクリートが何者かに破壊されているのを発見した。市の史跡に指定されていた泉には管理人がいて、誠志郎たちは彼から犯人扱いされ、誤解を解くのに苦労したが――それも済んだことだ。

「このふたつ、市街地を挟んで見事に対称な場所なんだ……」

克也は横一直線に結ばれた線の中心から、北へまっすぐボールペンを走らせる。すると、その先に緑色のエリアがあった。北山《きたやま》霊園である。

「ここ、サソリがうぞうぞ出てきた墓場だったな」

克也の言葉に誠志郎は神妙《しんみょう》な顔でうなずいた。彼は実際に北山霊園でサソリたちと遭遇《そうぐう》していた。そのときのことを思い出すと背中がかゆくなってくる。

「三つの地点を結ぶときれいな二等辺三角形になるってことかい？」

「それだけじゃない。マリア観音のあった地点からまっすぐ南に線を引いていくと――」

ボールペンが地図上をゆっくり下がっていく。止まったその場所に記されていたのは、

「五郎神社だ」

克也は首を傾《かし》げ、ボールペンの先で自《みずか》らの頰《ほお》をつついた。

「これは偶然か？」

「つまり、なんだ、安内市の怪しいポイントを結んでいくと意味ありげな図形が浮かびあがるとか？」

誠志郎は茶化《ちゃか》したつもりだったが、克也の横顔は動かない。

「カタコンベのミイラは五体いたな。それぞれのミイラが五つのポイントに順次現れたりしたら――」

「その五つの点を結んだら五芒星《ごぼうせい》になるってか？　なんで隠れキリシタンで陰陽系《そっち》になるんだよ。六芒星で〈ダビデの星〉だっていうのならともかく」

五芒星は五つの角を持つ星形で、別名〈晴明桔梗印《せいめいききょういん》〉。六芒星は六つの角の星形である。

やっと顔をあげた克也は、にやりと唇《くちびる》の片端を吊《つ》りあげた。

「もしかして、隠されていた六体目のミイラが出たりしてな。そいつが最悪最強のミイラだったりして」

誠志郎はとても笑えなかった。ありそうで怖い。

「冗談じゃないよ。ホントに出てきたら、どうしてくれる」

「そうなったらもう完全に御霊部の管轄《かんかつ》だろう。うちの知ったことじゃない」

言いかたは身も蓋《ふた》もないが正論である。誠志郎は疲れたように頭を左右に振ると、ドアをあけ助手席に乗りこんだ。

「とりあえず、カタコンベのミイラまではうちが関《かか》わってるんだから、連中に押しつけるのはもうちょっと先。それに、おばさまも言ってたぞ、『御霊部なんかに負けたら承知しないわよ』だと。なんでそういう発想になるかなぁ」

自分のことは遙《はる》か棚の上にあげて誠志郎がぼやくと、克也は声に出して笑った。

「彼女に言われたのならがんばらないとな。で、次にミイラが出没《しゅつぼつ》しそうなポイントは？」

「調査が進行中で次はまだわからないって言ったんで、占ってもらった」

誠志郎は綿パンのポケットから手帳を出すと、さっきメモした単語を読みあげた。

「『聖域』『古い宗教の宮』『友との再会』――」

克也は小さく口笛を吹いた。

「ほら、当たった」

宵闇《よいやみ》に包まれた五郎神社では、境内《けいだい》の隅《すみ》でクツワムシががちゃがちゃと鳴き出していた。

拝殿の中から明かりが洩《も》れている。留守番役の雅行は昼間からずっとそこにいて、地中から出てきた骨の番をしていた。件《くだん》の品物は祭壇《さいだん》の前、高杯《たかつき》の上に麗々《れいれい》しく置かれている。物が物だけに、そこらへんにぽんと投げ出していくのはまずかろうと判断してのことだった。

雅行がひとりで退屈しているかというとそうでもない。ノートパソコンを膝《ひざ》の上に載せ、咥《くわ》え煙草《たばこ》でネットサーフィンに興じている。

未成年の柊一や禁煙派の籠目の前では控えていた喫煙《きつえん》を、ひとりだと存分に楽しめるのだ。拝殿に吹きこむ宵の風は涼しく、クツワムシのうるさい合唱も都会の騒音に比べれば風情たっぷりで心地よい。部長たちが戻ってきたらウナ重でも取って夕食にしようと、近くの店のメニューまで用意済みだ。

「ん――？」

マウスを動かしていた雅行の手が、唐突《とうとつ》に止まった。

クツワムシもほとんど同時に鳴きやんでいた。まるで、何か危険なものの接近に気づいて固まってしまったかのように。

雅行は煙草の火がフィルター近くまで来るほど深く息を吸いこみ、灰皿の底に吸殻《すいがら》を押しつけた。ノートパソコンの画面部分を前に倒し、静かに立ち上がる。いつのまにかその手には細長い布袋が握られていた。

外へ向かって歩きながら、布袋の口を閉じている紐《ひも》を片手で器用にほどく。しゅるりと微《かす》かな音がして袋が床に落ちた。雅行が中から取り出したのは、漆塗《うるしぬ》りの横笛。

境内の中央には浅めだが広い穴が口をあけていた。その穴を背にして立つ人影がある。ぼろぼろの僧衣に胸もとで揺れる十字架。もうそれだけで、相手は誰だかわかったようなもの。

人影——カタコンベからさまよい出たミイラは、あたかも名乗りをあげるように咆哮《ほうこう》した。陰々とした響きに夜が震える。しかし、雅行はまったく動じることなく、賽銭箱《さいせんばこ》の脇《わき》に片膝をつくと笛の歌口《うたぐち》に薄い唇を近づけた。

澄んだ高音が笛の風孔《かざあな》を通って生まれいでる。その調べが、ミイラの咆哮で震えた大気を慰撫《いぶ》する。

大きく口をあけて吼《ほ》えていたミイラが、虚《きょ》を衝《つ》かれたように沈黙した。眼窩《がんか》がほんのわずかながら大きく見開かれる。逆に雅行は目を閉じた。その指を笛の指孔《ゆびあな》の上で軽やかに踊らせ、鎮魂《ちんこん》の曲を奏《かな》でていく。曲調は典雅《てんが》にして優美。さびれた神社の境内にこだましていく。

カタコンベのミイラは為政者《いせいしゃ》に迫害された殉教者《じゅんきょうしゃ》。ならば、御霊となれる可能性は充分にある。御霊部の仕事はけして怨霊《おんりょう》退治ではない。御霊が荒れ狂う祟《たた》り神としての本性に立ち返らぬよう鎮《しず》めることが本分なのだ。

ミイラはわずかに上体を揺らしていた。とまどっているようにも、笛の音に身を任せているようにも見える。眼球のない眼窩でじっと雅行をみつめ、その真意を探り出そうとしているのかもしれない。

が――ミイラは突然、がちがちと歯嚙《はが》みし出した。まばらに残った歯が激しく打ち鳴らされ、美しい笛の調べとは正反対の耳障《ざわ》りな音が発生する。笛の音で鎮められることに抗《あらが》うように。

雅行は依然目を閉じ、笛を吹き続けている。調べにも乱れはない。

ミイラは歯を噛み鳴らしながら、前に一歩踏み出した。その歩みはのろいが、一歩一歩、確実に拝殿へと近づいていく。

拝殿の上がり口、階《きざはし》の下でミイラは立ち止まった。雅行との距離はほんのわずか。もしもミイラが唾《つば》を吐きかければ、間違いなく雅行に届くだろう距離だ。

ミイラは歯を鳴らすのをやめると、低く長くうめいて両手を伸ばした。褐色《かっしょく》に変じたがさがさの指先が、虚空《こくう》を緩慢《かんまん》に掻《か》きむしる。それは救いを拒否しているようでもあり、同時に求めているようでもあった。

風に乗って、ゆかしい笛の音が流れてくる。五郎神社の石鳥居の前にようやく到着した早紀《さき》子《こ》と萌《もえ》は、その音を耳にして足を止めた。

「この笛――」

早紀子には聞き覚えがあった。

「多能《おおの》さんが吹いてるみたいね」

「うん、きっと……飛鳥井《あすかい》くんのために演奏しているのね」

そうささやいた萌は、早くも夢見る乙女の顔になっていた。

「お邪魔《じゃま》しちゃ悪いような気がするわ」

と言いながら、彼女の足はすでに石段にかかっている。しかも、音をたてぬよう、つま先立てて。決定的瞬間を盗み撮りしようと企《たくら》む写真週刊誌のカメラマンさながらだ。

ここに来るまで柊一に対して怒りをたぎらせていた早紀子だったが、友人のそんな様子を見ていると、腹を立てているのがだんだん馬鹿《ばか》らしくなってきた。考えてみれば、いまの協力体制もこちら側が進んで申し出たこと。一般人の自分に御霊部の彼がいちいち経過報告をする義務など最初からありはしないのだ。

（それに、飛鳥井くんもただ言いそびれてただけかもしれないし……）

次第に冷静になっていくのは笛の音のおかげだろうか。優しく美しい音色に、ささくれだっていた気持ちが慰められていく。御霊部の雅行が吹く笛だけに不思議な効果があるのかもしれないとも思った。

（あの笛の音、もっと近くで聞いてみたいな。もっとも、お邪魔じゃなきゃだけど）

萌とは違う意味の一般的な心配をしながら、早紀子は一泊分の荷物が入ったスポーツバッグを肩にひっかけて、ゆっくりと石段を登っていった。

雅行は笛を吹き鳴らしつつ、ゆっくりと薄目をあけた。すぐそばまで来ているミイラを、その鋭いまなざしで冷徹に観察する。恨《うら》み苦しみを訴えたいのか、それともただ闇雲《やみくも》に生者を攻撃したがっているのかを見極めようとする。だが、

（判断しがたい）

ミイラは鎮まる気配もなければ、攻撃を仕掛けてこようともしない。まるで自身を持て余しているように、低くうめいては身悶《みもだ》えし続けている。へたに刺激すると、つかみかかってきそうな危うさも感じられた。

（ひょっとして、何か目的があってここに来たとか？）

だとしたら、その目的を果たさせない限り、鎮魂しようとしても無駄《むだ》だろう。では、その目的は何か？　この招かれざる客が、昨夜、境内を陥没《かんぼつ》させたはた迷惑なミイラ本人だとしたら、

（あの骨か――）

望みのものを渡してやったほうがいいのかもしれない。が、果たして本当にそれでいいのか。渡すとさらに面倒なことになりはすまいか。

結果が予測できずに雅行はためらっていた。このまま膠着《こうちゃく》状態は長く続くかと思われたが

——終止符《しゅうしふ》は突然、打たれた。

「多能さん？」

石段を忍び足で登りきり、山門をくぐったところで早紀子と萌は同時に足を止めた。

笛の音の響く宵闇の境内。拝殿には明かりが灯っている。賽銭箱の脇に片膝をついた雅行がいて、笛を吹き鳴らしている。

その前に立ち尽くしているのは、ぼろぼろの衣をまとった人影。棒のように細い身体を不安定に揺らしている。その揺らめきようを見ているだけで不安に駆られる。

普通ではない。

普通どころか、あれは生きている人間ではない。

昨日の夜、トウモロコシ畑から飛び出してきた影ととてもよく似たあれは。

「多能さん!?」

とっさに早紀子は大声で叫んだ。自分の声が耳を打ったそのときにはすでにもう、拝殿に向かって突進していた。

助けなくては。あれはとても危険なものだから。あんなものを、そんなに近寄らせては駄目《だ》目《め》。

そう思うはしから、揺らめく人影が振り返る。

髑髏《どくろ》に皮一枚貼《は》りついただけの顔。虚《うつ》ろな眼窩《がんか》。高さがなくなり、アーモンド型の穴ふたつだけになった鼻。半開きの口から覗くまばらな歯。

夜をさまよい歩くミイラ。

おぞましいその顔を見ても、早紀子の疾走は止まらなかった。もはや止められなかった。彼女はミイラの目前まで行くと大きく腰をひねり、両手で持ち手を握ったスポーツバッグを相手の変色した頰に叩きつけた。

衝撃とともに、乾いた皮膚《ひふ》の細かな断片が散った。うめきながら、ミイラがよろめく。

美しい音曲がやんだ。

「お嬢ちゃん!」

雅行が笛をズボンとシャツの間に押しこんで、階《きざはし》を一気に飛び降りてくる。無謀《むぼう》な少女の腰をつかんで走る。ミイラから遠ざけるために。

が、彼らの進む先めがけ、倒れそうになりながらも踏みとどまったミイラが何かを吐き散らかした。かろうじて雅行が後ろに飛びのき、よける。液体は敷石の上に落ちる。じゅっと音を立てて、石の表面が黒く溶ける。強烈な腐臭《ふしゅう》が瞬間、立ちのぼる。

柊一の組み紐《ひも》を溶かし、早紀子の目の前でアスファルトすらも溶かした腐汁《ふじゅう》だ。

ミイラが夜空を仰《あお》いで吼《ほ》えた。

月も星も見えぬ空間に、死者の怒号がどよもす。優美な笛の音で危うく鎮められそうになっていた反動か、ミイラは明らかに激怒していた。全身を震わせ、呪いの言葉を吐き散らすように絶え間なく喚《おめ》き続ける。

地下の霊廟《れいびょう》からさまよい出てきて叫ぶミイラは、死そのものとして生者の目に映った。あまりのことに、早紀子も雅行も圧倒されて動けずにいる。だからこそ、よろよろと境内を移動してくる姿が目立った。

萌だ。

がたがた震えながら雅行たちに近づこうとしている。彼女なりに参戦しようと思ったのだろう、その手には大きな石が握られている。しかし、恐怖で足がちゃんと動いていない。すでに半泣きになっている。

「早紀ちゃん、早紀ちゃん」

親とはぐれた子供のような声。その哀れな声が余計にミイラの注意を誘ってしまった。

ミイラは彼女のほうを振り向くや、両腕を伸ばして前かがみになり、獣のように走った。

雅行が早紀子を離し、今度は萌を救おうと走る。速度は同等。距離は、ミイラのほうが萌に近い。

間に合わない。

立ちすくむ萌を、ミイラのすじばった手が捕まえようとする。

その刹那《せつな》、炎の矢がミイラと少女の間を貫いた。

ミイラが弾かれたように後方へ跳《と》びのく。萌は目を丸くして、その場に尻餅《しりもち》をつく。両者の間を駆け抜けた炎は境内の古木の幹にぶつかり、生木の表面を軽く焦《こ》がして消えた。

火が飛んできた方向には苔むした石燈籠《いしどうろう》が建っている。その陰《かげ》から、長身の男がゆらりと姿を現す。

麻のジャケットが夜目に白く映える。彼――ヤミブンの有田《ありた》克也の姿を目にした雅行は、徐々に白い歯を剝き出しにして笑みを浮かべた。凶悪で、嬉しそうな笑顔。

「ひさしいな」

克也のほうもお返しとばかりに歯を剝《む》き出し、凶悪な――だが、あまり嬉しくはなさそうな笑みを浮かべる。

「逢《あ》いたくはなかったがな」

意味ありげな応酬《おうしゅう》に、早紀子はとまどう。考えてみれば、柊一と誠志郎のように彼らも面識があっておかしくはないのだが、こちらは若手に輪をかけて歯車の嚙《か》み合い具合がおかしいようだ。

ミイラにとっては御霊部もヤミブンも区別はない。再び咆哮をあげ、今度は新たな乱入者へ向かって襲いかかろうとする。

克也は逃げない。右腕を下から振りあげ、ただひと言、唱《とな》える。不動明王《ふどうみょうおう》を表す一語を。

「カン!」

突き出した手のひらが明るく輝いた次の瞬間、紅蓮《ぐれん》の炎がそこから噴《ふ》き出した。炎は虚空《こくう》を一直線に走り、ミイラのそばに落ちるや、ぐるりとその周囲を取り巻いた。

早紀子はあっと小さく声をあげる。昨夜、別のミイラと対決したときに百円ライターがいきなり業火を放ったのは、彼の力だったのかと改めて知る。

さしものミイラも驚いて、立ち止まる。進みたいのに火が怖くて進めないのだろう。炎に取り囲まれ、身をよじってぞっとするような声をあげている。火の熱気、もうもうと立ち昇る煙も彼を苦しめているはずだ。

雅行が揶揄《やゆ》する。

「ずいぶん荒っぽいな。ヤミブンらしいというか」

ふん、と克也は鼻でせせら笑った。

「悠長《ゆうちょう》に笛ばかり吹いてもどうにもならんだろう」

石灯籠の後ろからもうひとり走り出てくる。誠志郎だ。彼はすわりこんでしまった萌の腕を取ると「いまのうちに」とささやき立たせようとした。

そのとき、ミイラが大きく後ろに身をそらせた。はずみをつけ、勢いよく腐汁を吐きかける。克也へ、それから身体《からだ》をねじって誠志郎めがけて。腐臭を漂わせる液体は炎の囲みの上を越え、飛んでくる。

克也は瞬時に横へ跳びのいた。誠志郎は萌を守ろうとしたがために、動きがわずかに遅れた。敷石を溶かすほどのものが彼に降りかかろうとする。

雅行が両腕を後ろに回して肩を浮かせた。黒いジャケットが脱げ、ばさりと空気が鳴る。櫛《くし》目《め》のきれいに入った彼の髪が乱れ、前髪が三《み》すじ、額に落ちる。

彼が放ったジャケットは大きく広がり、誠志郎と萌をかばって、空中で腐汁の洗礼を受け止めた。

布地は瞬時《しゅんじ》に溶け、大穴がいくつもあく。大半はそれで止められたものの、細かな飛沫《ひまつ》が誠志郎の綿パンに付着する。ベージュの生地に黒くついた点が、ここでもたちまち繊維を溶かす穴に変わった。

「うわっ！」

脚《あし》に走った激痛に、誠志郎の顔が歪《ゆが》む。息を呑《の》んでうずくまった彼のそばに、克也が走った。後輩の綿パンの膝から下を一気に引き破り、腐汁に侵食《しんしょく》された部分を投げ捨てる。

萌が声にならない悲鳴をあげた。両手で押さえた彼女の頬が薄赤く染まり、目がやけにきらめいていることに、その場の誰も気づいてはいない。そんな余裕はない。

ジャケットや綿パンのおかげで直撃はさけられたものの、それでも誠志郎は脚の赤くなった部分を押さえ、脂汗《あぶらあせ》を流してうめいている。立てそうにない。

代わりに克也が立ち上がった。炎にあおられて、その日本人離れした顔に濃い陰影が踊る。

「干物《ひもの》が。よっぽど焼かれたいらしい」

彼が広げた両手の間に、火焔の帯が出現した。それは蛇のごとく自在にうねり、目がくらみそうなほどの黄金色《こがね》に輝いていた。

コンビニで買い物を済ませた柊一は、五郎神社への帰り道をソーダ味の青いアイスキャンディーを咥《くわ》えてのんびり歩いていた。白いビニールの袋には牛乳や食パンの他に漫画雑誌やスナック菓子も詰めこまれている。弁当も買おうとしたのだが、雅行たちも来ていることだし、御霊部の経費で寿司《すし》でもとらせればいいさと思ってやめた。

（若君さまをお守りしている五人の忠臣たちか……）

歩きつつ考えているのは、桜田家の多季《たき》夫人が語ってくれたミイラの秘密に関してだ。

禁教令に従って、それまで厚く庇護《ひご》していたキリスト教徒たちを一転し弾圧し出した安内の城主。そんな父親に反抗した息子。じゅあん、という洗礼名を持つことからもわかるとおり、彼もキリスト教徒だった。

己《おの》が息子がキリシタンであると幕府に知られては大事《おおごと》になると、城主は若君とその周りのやはり信徒である家臣たちを投獄《とうごく》し、棄教《ききょう》を迫った。が、彼らは教えを貫き通し、食を絶って獄《ごく》死《し》したという。埋葬《まいそう》された遺体は、潜伏していたキリシタンたちによってこっそりと掘り返された。そのときにすでにミイラ化が進んでいた五人の家臣たちの遺体は、尊い殉教者としてカタコンベへ運ばれたのだ。

（絶食して獄死したのなら、ミイラにもなりやすかったろうよ。第一、こんな湿気たっぷりの国じゃ、よっぽど条件がそろわない限り、自然ミイラなんてできるはずないんだし。東北なんかにある即身仏《そくしんぶつ》も、五穀《ごこく》絶ちして痩《や》せ細ってから死んだ高僧のミイラだものな）

そして、若君じゅあんの遺体は聖遺骨として分断され、安内の街を取り巻く六つのポイントに埋葬された。そのひとつが五郎神社だったのだ。

（つまり、あの骨は若君の遺骨の一部、か……）

食べ終わったアイスキャンディーの棒を、柊一は道端にあったゴミ箱に投げ捨てた。

（迫害されたキリシタンたちの怨念《おんねん》を鎮めるため、教えの拠《よ》りどころとするためって、普通、そこまでするかな？　それくらい、当時のキリシタンたちは、生きてる者も死んでる者もこの土地に執着していたってことか？）

主《アドナイ》。

その響きによく似た名を持つ土地。

柊一は首をかしげた。

（なんだかなあ……）

多季の話を聞いてもまだまだ納得できないことは多い。おそらくすべてを語っているわけではあるまい。御霊部の人間をまだ全面的に信じているわけではないということなのだろう。二十年前に籠目がこの土地を訪れた際も、桜田家はああいう排他的な態度をとり続けたに違いない。

(別にいいけどね。その土地、その土地の事情ってものもあるだろうから)

と頭で理解していても、面白くはない。

(『どうか、あのかたがたの邪魔はなさらないでください』って、そう言うんだったら、もっと早く教えろってんだ)

頭の中でぶちぶちと文句を垂《た》れているうちに、やっと石鳥居の前へと到着した。雑木林の中に延びていく石段の、いちばん上の段に何気なく目をやった柊一は、次の瞬間、目を大きく見開いた。

「なんだ?」

山門のむこうが、いやに明るい。

石段の上から降りてくる空気は微《かす》かに焦《こ》げくさい。それに、むっとするような異臭も混じっている。

これは以前に嗅《か》いだことのあるにおい。ミイラが吐きかけた、あの液体のにおいだ。

「また来てたのか!?」

あわてた柊一は石段を全速力で駆け登った。石段は長く急で、すぐに息があがってしまう。

コンビニのビニール袋が邪魔になって、あとで拾えばいいとばかりに投げ捨てる。

ようやく石段を登りきった柊一は、境内の様子を見て絶句した。

ミイラが一体、炎に取り囲まれて身悶《みもだ》えしている。少し離れた位置に、珍しく髪を乱している雅行。すわりこんでいる萌と、負傷してうずくまっている誠志郎。それから――帯状の炎をその身にまとわりつかせた克也――

克也がミイラに向かっていきなり走りこむ。その腕を前に突き出したといっしょに、焔《ほむら》の蛇が彼から離れようとする。狙っているのはミイラだ。彼はカタコンベのミイラを焼き焦がそうとしている。

柊一はとっさに鈴を取り出した。状況はよくわからない――克也が一方的に、ミイラを含めたそこにいる全員をいたぶっているように見えなくもない――が、とにかく、彼にミイラを攻撃させてはいけない。その邪魔をしてくれるなと桜田家から頼まれたばかりだ。

柊一は赤い組み紐を手に巻きつけ、その一端を克也めがけて放った。宙を走りつつ鈴が鳴り、組み紐はあやまたずに克也の右腕に巻きつく。

ふいをつかれて克也の腕が大きくそれた。それと同時に彼から離れた焔は、ミイラの脇をかすめて飛び、境内の神木に激突する。太い幹に巻かれた注連縄《しめなわ》と白い御幣《ごへい》が罰当《ばちあ》たりなことにたちまち燃えあがった。

「やめろよ、この放火魔！」

組み紐をしっかり握って、柊一は大声を張りあげた。

「文化庁の人間が神社に火をつけて回ってどうするんだ！」

振り返った克也は、腕を組み紐に締めあげられているのに痛そうな顔ひとつせず、片方の眉を跳《は》ね上げた。

「おや、御霊部の鈴男《すずお》くんか。もう高校生になったのかな？　ちょっと見ない間にすっかり大きくなったねえ」

ひさしぶりに逢う親戚《しんせき》のような口ぶりで冷やかされ、柊一は相手をきっと睨《にら》みつけた。ヤミブンと現場でバッティングした例は過去にもあるが、そんな台詞《せりふ》をかけられるほど親しいわけでは断じてない。まして、この男とは。

「ああ、おひさしぶりだな、ヤミブンの有田克也。食わせ者ぞろいのヤミブンの中でも、一等タチの悪いあんたと、こんなところで逢えるとはね」

「御霊部の人間ほど食わせ者でもないさ」

「それはどうだか。でも、嬉しいね。一度、あんたとはお手合わせ願いたかったんだ」

強がってそう言ってやる。苦しそうにうずくまっている誠志郎が、

「挑発するな、馬鹿……」

とつぶやいたのが聞こえた。言われるまでもない。手合わせしたところでどうなるか、柊一自身もわかっている。どう考えても、克也のほうが攻撃値は格段に高い。

御霊部は鎮魂が目的。ヤミブンは霊的な力を秘めた呪物《じゅぶつ》を収集・管理するのが目的ではあるが、手に負えないと判断すれば破壊も辞さない。だから克也のように攻撃系の能力を使える者が混じっている。裏の組織であるのをいいことに、文化財保護法など無視しまくりである。

「ふん」

おのれの力を知っている克也は、柊一の虚勢を鼻先でせせら笑った。

「お子さまは早く帰ってアサガオの観察日記でもつけてるんだな」

言い放ちつつ、自由なほうの左手を柊一に向ける。手のひらから炎を打ち出すつもりかと柊一がぎょっとしたのもつかの間、そこから放たれたのは白い紙人形だった。陰陽道《おんみょうどう》系術師、お得意の技だ。

ぺらの紙をごく簡単に切って人型にしただけではあったが、数が多かった。紙人形たちは薄い手足を小刻みに動かし舞いながら、ウンカのごとく柊一にたかろうとする。

柊一は手首をひねり克也の腕に巻きついていた組み紐をほどくと、鞭《むち》のようにそれをしならせて紙人形たちを叩き落とした。

いくつかはできた。しかし、全部は無理だ。

紙人形が細かくはためきながら迫る。視界を埋め尽くそうとする人形どもの合間に、新たな炎を腕に螺旋《らせん》状にまとわりつかせ頭上高くに掲げている克也が見える。その口もとを飾るのは、憎たらしいほど余裕たっぷりの笑み。

「雅行！」

しつこい紙人形をはらいのけ、踏みにじり、柊一は叫んだ。

「そいつを止めろ！　ミイラを焼かせるな！」

しかし、雅行よりも克也よりも、ミイラが先に行動を起こした。枯れ木のごとき両腕を大きく広げて、天空に向かって吼える。

耳を聾《ろう》さんばかりのその声に応じたのは、天ではなく地だった。

轟音《ごうおん》をあげて、地表に幾本もの亀裂《きれつ》が生じる。敷石を割り、その亀裂を押し広げて大地にそそり立ったのは、巨大な岩だった。それもひとつではない。次々と地表を砕《くだ》き割って、新しく岩が立ち上がる。

振動で石燈籠が倒れ、狛犬《こまいぬ》も台座から転がり落ちる。萌が悲鳴をあげる。

さらに克也の足もとからも岩が出現し、彼はすぐさま横へ跳びずさった。そこへまた、続けざまに岩が起きる。あきらかに、克也を追い詰めようとしている。

「ちいっ！」

反撃に炎を繰り出したいのだろうが、次から次へと岩が起き上がってくるのでその暇がない。他の術へまわしている呪力《じゅりょく》も効力をなくしたらしく、紙人形がはらはらと、それこそただの紙きれとなって地に落ちる。

柊一は額の汗に貼《は》りついていた紙人形を振りはらうと、あっけにとられている同僚に向かって大声で叫んだ。

「雅行！　ここは頼んだぞ！」

返事を待たず、柊一は走った。視界の隅では、岩の乱立により舞いあがった土砂や石が、ミイラを足止めさせていた火を次々に消していっている。紙人形が呪力を失ったように、炎の囲いもすぐにもその効果を失うだろう。

ミイラが自由になるその前に、若君の骨を渡してしまえば。そうすれば相手も鎮まり、おとなしくこの場を去ってくれるはずである。

柊一は乱立する岩をよけながらとんでもない状況になってしまった境内をひた走り、拝殿へと向かった。階を三段飛ばしして駆け登り、はやる気持ちのままに賽銭箱の上を軽く飛び越えて拝殿の中へと駆けこむ。

(骨は祭壇の前の高杯に載せていた。あれさえ渡せば)

そう期待して祭壇に手を伸ばした。しかし、そこに高杯はあれど、骨は忽然《こつぜん》と消え失せていた。

柊一は愕然《がくぜん》とした。確かに骨はここにあったのに、一体どこへ——

とまどう彼の脳裏に、早紀子の顔が閃《ひらめ》いた。萌が境内にいたのに、彼女がいないのは変だ。

(もしかして、早紀ちゃん！)

あの子ならありえると思った。

柊一が駆けこむよりも前——拝殿の中に忍びこみおおせた早紀子は大きく口をあけて息を吸った。

きっと誰も気づいていないはず。ミイラが腐汁を吐き散らかすわ、克也が炎を放ちつつ乱入するわで、五郎神社は大変なありさまだから。

拝殿に入ったのは、何も自分だけ身を隠そうとしてのことではなかった。ここに骨が置かれていると知っていたからだ。

(乃里ちゃんの家の庭先に出たミイラも——何かを探してたのかもしれない。たとえば、あのマリア観音の中に隠されていたものとか)

破壊された路傍《ろぼう》の石像をみつけた際には、ヤミブンの仕業ではないかと疑った。が、五郎神社に二夜連続でミイラが現れたことと考え合わせると、そうではないように思えてくる。

(あのミイラは穴から出てきた骨を欲しがって、また現れたのかもしれない。あっちのマリア観音の中に隠されていたものも、もしかして同じような骨の一部だったりして。どうしてミイラが骨集めなんかするのか理解できないけど、骨なんてカタコンベにいっぱいあったじゃないって思うけど、でも、ミイラがこんなにうろつきまわってる原因って、それくらいしか思いつかないよ)

例の骨はまるで供物《くもつ》のように高杯に盛られて、祭壇前に置かれていた。こんなものにさわりたくなどなかったが、いまさら四の五の言ってもいられない。

（あのミイラの狙いは、たぶん、これ）

早紀子は息を吸いこみ、高杯の上の骨を握りしめた。

すでに昨夜、彼女は別のミイラに追いかけられ、腐汁を吐きかけられている。どう考えても、カタコンベのミイラは危険なもの、としか思えない。そんな連中にこの骨を渡してしまっていいものかどうか。違うだろう、と早紀子は思った。

（これを、隠すかどうかしないと……！）

背後ですさまじい轟音《ごうおん》が響いた。思わず、早紀子はひいと小さな悲鳴をあげた。

尋常《じんじょう》ではない。御霊部やヤミブンのような特殊な能力を持っている人間ならともかく、一介の女子高校生がどうこうできる相手ではない。

改めてそのことを思い知らされ、ミイラをスポーツバッグで殴り倒した自分の無鉄砲さにいまさらながら身震《みぶる》いする。でも、なんの力もなくても、この骨をミイラに渡さないよう死守することぐらいはできるだろう。

早紀子はこみあげてくる嫌悪感《けんおかん》を押し殺して、骨を胸に抱きかかえた。脇の引き戸から素早く外へ飛び出すと、拝殿の裏手へと回る。

どこに逃げるかは決めていない。とにかく遠くへ。いまのうち、できるだけ遠くへ。

暗い雑木林の中、早紀子は骨を抱いて走った。が、気ばかりはやって思うように進めない。何度も木の根に足をとられ、転びそうになる。

たいした距離も稼《かせ》げぬうちに——突如《とつじょ》、背後でうめき声が聞こえた。

早紀子は息を呑《の》み、本能的に立ち止まった。一度動きが止まってしまうと、もう足が前に出ない。

心臓の鼓動《こどう》が耳の底でやけに響く。脂汗《あぶらあせ》が首すじを流れ落ちる。

見通せそうにない暗闇の中で目をいっぱいに見開き、後ろを振り返った。スローモーションで。

数メートル先に、人影が立っている。拝殿のむこう側からの明かりのおかげで、シルエットがくっきり浮かびあがっている。

(案山子《かかし》みたい——)

事実を受け入れたくなくて、そんなことを考えたのかもしれない。もちろん、それは案山子ではない。

あのミイラだ。地獄《じごく》の底から響いてくるような無気味な声を発している。炎の囲みを抜け、骨を求めて追ってきたに違いない。

早紀子はいやいやをするように首を左右に振った。

ミイラが一歩、前に出る。早紀子が一歩さがる。さらにもう一歩さがると、背中に柔らかいものが当たった。ぎょっとしてすくめた肩を、背後から何者かが優しくつかんで抱き寄せる。白檀《びゃくだん》の古風な香りがふわりと身を包む。

「大丈夫」

耳もとで聞こえたのは美也の声だった。

「怖がらなくていいのよ」

ミイラがすぐそこにいるにもかかわらず、いつもと変わらないその口調に安堵《あんど》してしまい、早紀子の全身から力が抜けた。美也に両肩を支えられていなかったら、その場に崩れ落ちていただろう。

「小城……さん……」

美也の右手が早紀子の肩から腕に沿って滑っていき、手首をつかむ。骨を固く握りしめているその手を前へ、ミイラのほうへと伸ばさせる。

ミイラはゆらゆらと身体を揺らしつつ近づいてくる。腐臭が早紀子の鼻をつく。

美也がまたささやいた。

「大丈夫」

彼女の息が耳朶《じだ》をくすぐる。

「このまま、じっとして」

本当はすぐにも逃げ出すか、大声でわめくかしたかったのだが、彼女がそう言うのでぐっと我慢《がまん》をした。

ミイラがほんの一メートル先まで迫ってきた。おぞましさに耐えきれず、早紀子は目をつぶって顔をそむける。腕もひっこめたかったのに、美也に押さえこまれているのでそれができない。

拝殿から持ってきた骨を、ミイラが握ったのが感じられた。早紀子の手の中から、ゆっくりと骨が引き抜かれていく。手から問題の品が離れたと思ったときにはもう、かさかさと草を踏む音が脇を駆け抜け、墓場のにおいが通り過ぎていった。

望みのものを得たミイラは、もうここに用はないとばかりに走り去っていったのだ。

よかったのか、悪かったのか。わからないまま、早紀子がはあっと息をついて目をあけると、拝殿の脇戸から柊一が飛び出してくるのが見えた。

「早紀ちゃん！」

回縁の手すりを飛び越えて、走ってくる。美也がいっしょにいるのに気づき、一瞬、彼は驚きを露《あらわ》にした。予想外の人物がそこにいたという以上に驚いているようだったが、彼はその気持ちをすぐに隠した。

「骨は!?」

説明しようとしたが、うまく言葉が出てこない。代わって美也が応じる。

「持っていったわよ、彼らのひとりが」

柊一は両膝をつかんで前屈みになると、ふうっと大きく息を吐いた。

「そうか……」

彼ら、と言われても早紀子には話が見えない。柊一の様子から推測できたのはただひとつ。あのミイラに骨を渡すまいとした自分の行動がまったくの無駄足《むだあし》だったのだということだけ。

「ごめ……」

早紀子があやまろうとしたが、それより先に柊一は身を起こし、怖い顔で美也を睨《にら》みつけた。睨まれているのは自分ではないとわかっているのに、早紀子はどきりとしてしまう。

「それじゃあ、ミイラが立ち寄る次の場所に案内してもらおうか。桜田家の一員なら、当然知っているんだろう？」

どうして、桜田家うんぬんという話になるのだろうか？　早紀子が理解できずに振り向くと、美也は柊一の視線を氷のように冷たい目で臆《おく》することなく受け止めていた。

「知っているわ」

声にもまったく温かみがない。

「勝手についていてくれれば？」

すげなく言って早紀子を放し、くるりと背を向けて歩き出す。柊一は舌打ちして美也のあとに続いた。

早紀子はいまだ混乱から覚めぬまま、ふたりを交互に見ていた。

不明な点が多すぎる。が、黙っているとここにおいていかれてしまうことだけははっきりしていた。残ったほうが絶対危険は少ないだろう。それでも、こんな謎ばかりの宙ぶらりんな状態で置き去りにされるのはいやだ。

「ちょっと……ちょっと待ってよ」

去ろうとするふたりの背中に、早紀子はかすれた声で呼びかけた。美也も柊一も、ほぼ同時に振り返る。

「わたしも連れてって」

柊一がためらったのとは対照的に、美也は後ろ向きに片手を差し伸べた。

「だったら――わたしのそばを離れては駄目」

来るなと言われるものと半《なか》ば覚悟していた早紀子は、驚きに大きく目を見開いた。柊一も驚いている。彼が抗議しそうな雰囲気だったので、あわてて返事をした。

「うん！」

転びそうになりながら美也に駆け寄ると、早紀子は差し伸べられた手をしっかりと握りしめた。

五郎神社の拝殿前にそそり立った巨石群は、ミイラが姿を消してしばらくすると、ゆっくりと地に沈みだした。

だからといって、すべてが元どおりになるわけではない。昨夜の陥没《かんぼつ》はそのまま、大地はでこぼこにうねり、割れた敷石が広範囲に散っている。石灯籠は倒れ、狛犬は中途で砕《くだ》け、ご神木の注連縄《しめなわ》は焼け落ちて、惨憺《さんたん》たるありさまだ。

大地のうねりように立っていられずしゃがみこんでいた雅行は、これで嵐は去ったと判断し、服についたほこりをはらいながら慎重に立ち上がった。

「生きてるか？」

彼が尋ねた相手は克也だった。次々そそり立つ岩に追い立てられて、克也は仰向《あおむ》けに転倒していた。怪我《けが》でもしているのか、そのまま大の字になっていたが、雅行に声をかけられてうめきつつ身を起こす。

「この程度で簡単に死ぬか」

そうは言うものの、端正なその顔は苦痛に歪《ゆが》んでいる。左肩を押さえ、立ち上がれずにいる。

「折ったか？」

「ただの脱臼《だっきゅう》だ」

雅行は嬉しそうに目を細めた。

「そうか。ただの脱臼か。で、金髪くんは？」

誠志郎は足を押さえてうずくまったままだ。そのそばには、心配そうに彼の顔を覗《のぞ》きこんでいる萌がいる。彼女のほうに怪我はなさそうだ。

「見せてみろ」

近くに寄って雅行がしゃがみこむと、誠志郎ははあっと息を吐いて顔を上げた。腐汁の飛沫がかかった部分に添えていた手をゆっくりと離す。皮膚《ひふ》が広範囲に赤くなり、中央が少しただれているようだが、少なくとも腐ってはいない。火傷《やけど》のような感じだろうか。

「病院に行ったほうがいいな。立てるか？」

誠志郎はうなずいたが、足を少し動かそうとしただけで顔をしかめ固まってしまった。

「無理そうだな」

つぶやくや、雅行はその両腕で軽々と誠志郎を抱きあげた。いわゆる、お姫さま抱きというやつである。

おおっと萌が声にならない声を洩《も》らす。誠志郎も驚いてもがこうとするが、動いた途端、足に痛みが走ったらしく、すぐに抵抗しなくなった。

「お嬢ちゃん」

「はいはいっ」

雅行に声をかけられ、萌は目を輝かせて即答した。

「あっちの色男に肩を貸してやってくれ」

「わかりましたっ」

ついさっきまでミイラにおびえて半べそをかいていたはずの彼女が、満面の笑顔で克也のもとへ走る。さすがに彼ほどの美男子——それも土ぼこりに汚れ、傷つき、痛みに歯を食いしばっている——を間近にすると恥《は》じらいも生《しょう》じる。萌は顔を赤らめ、照れながら言った。

「どうぞ、よかったらわたしにつかまってください」

克也はどうしたものかと迷うような素振りを見せたものの、自分ひとりでは立てそうにないと悟ったらしく、憮然《ぶぜん》とした表情で右手を萌の肩に掛けた。萌は白衣の天使になった気分で、彼の背中に手を回して支える。

それを見やって、雅行はちょっぴり皮肉っぽく笑った。

「その怪我だと運転できまい。ふたりまとめて病院まで送っていくぞ」

克也の返事を待たずに山門へと歩き出す。彼の背中に、萌は待ったをかけた。

「多能さん、あの、早紀ちゃんがいないんですけど」

振り返った雅行は少しも動じてはいなかった。

「あのお嬢ちゃんなら、ここでミイラが大騒ぎしている間に拝殿にこっそり移動していたよ。拝殿の中に隠れようとしているのかとも思ったが、どうやら違ったみたいだ。途中で脇戸のあく気配がしたから。柊一も同じように脇から飛び出していったから——いまごろ、ふたりはいっしょに行動してるんじゃないかな」

あの騒ぎのまっただ中で、雅行は早紀子の動きもちゃんと感知していたのだ。萌にはそんなゆとりはなかった。雅行のそばにでも隠れているものと、ついさっきまで思いこんでいたのだ。

「あの……大丈夫なんでしょうか」

「保証はできないけど、たぶんね。とにかく、こっちは怪我人の搬入《はんにゅう》をやろう。さあ」

雅行は誠志郎をかかえ、萌は克也を支えて石段を降りていき、鳥居の脇の駐車場へと向かう。そこに停められた古いボルボを見て、克也は鼻を鳴らした。

「ずいぶんとまあ、小汚い中古車だ」

ふん、と雅行も鼻を鳴らし返す。

「どうせそっちはいまだにツー・シーターの車に乗ってるんだろ。あんなので怪我人を運べるか」

座席がふたつしかないのでは、怪我人がふたり出た段階で無理が生じるのも事実である。

助手席に誠志郎、後部座席に克也と萌を乗せて雅行は車を発進させた。バックミラーを見やって、彼はまた目を細めた。面白《おもしろ》くなさそうな克也の様子を観察するのが、彼にとってはことのほか楽しいらしい。

「さんざんだったな。ま、力でゴリ押ししてばかりだから、そんなことにもなるさ。自業自得だな」

脱臼した肩を押さえ、克也は背もたれに後頭部を載せて小さく笑った。

「もってまわった陰険な手法がお得意な御霊部から見たら、そんなふうにも見えるか」

「鎮魂が陰険か？　それはまた、斬新《ざんしん》な解釈で」

「鎮魂ねえ。聞こえはいいが、実際はどうなんだか。そもそも、どうしてカタコンベのミイラたちが歩き出した？　殉死《じゅんし》したキリシタンが祟《たた》るなんて話、聞いたことがないな。彼らには死後の復活と救済が約束されているんじゃないのか？　本当は何がなんでもミイラを御霊ってことにしたくて、おまえたちが何かやらかしたからじゃないのか？　なにしろ、手段を選ばない連中だからなあ」

「手段を選ばないのはどっちかねえ」

助手席の誠志郎がため息を洩《も》らした。足の痛みのせいだけでなく、車内で繰り広げられる嫌味の応酬《おうしゅう》に辟易《へきえき》しているのだろう。密かに小さな声で、

「どっちもどっちだろうが。いいかげんにしてくれよ……」

とつぶやいている。

そして、萌はそんな克也たちの細かなしぐさひとつひとつをも見逃すまいと、好奇心いっぱいで目を輝かせていた。世にボーイズ・ラブ愛好家は何万、何十万といるだろうが自分ほどの幸せ者はいない、と彼女は確信していた。

美也に導かれて夜の田舎道《いなかみち》を急ぐ。一般人の早紀子が同行していることに柊一は不安を禁じえなかったが、いまさら戻れと言ったところで彼女が従わないことも理解していた。

拝殿から骨を抱いて逃げようとしたことからもわかるとおり、行動力だけは一級なのだ。へたに放置するより、目の届く範囲においておくほうが安心ともいえよう。

それに若君の遺骨さえ渡してしまえばミイラもむやみやたらとひとを襲おうとはしないはず。たぶん。

「ねえ、ふたりとも――」

早足の美也に引きずられて、早紀子の息遣《いきづか》いはだいぶ荒くなっていた。それでも、訊かずにはいられなかったらしい。

「あのミイラがなんなのか、ひょっとして知ってるの？」

柊一がどう答えようかと考えている間に、美也が口を開いた。

「昔――この街に宣教師が来て、キリスト教を広めようとしたのはもう知ってるわよね。ときの城主があと押ししたから、布教はとても順調に進んだわ。信者は身分の高い低いを問わず増えていって、城主の息子までも洗礼を受けたの。でも、禁教令が出た途端、城主は手のひらを翻《ひるがえ》して迫害を始めた。もちろん、わが子にも信仰を捨てるよう迫った。でも、彼は応じなかったのよ。怒った城主は息子と、彼に忠誠を誓っていた五人の家臣たちを投獄《とうごく》したの。もちろん、その五人もキリシタン。彼らのなれの果てがカタコンベのミイラよ。普通に埋葬《まいそう》された彼らを、隠れキリシタンたちが密かに掘り起こしてカタコンベに運んだの。崇高《すうこう》な殉教者、聖人と崇《あが》めたててね」

前を見据えて歩きながら、美也は淡々と語り続ける。祖母の多季が静かな威厳《いげん》と誇りをこめて語ったのと、内容はほぼ同じなのに態度がまるで違う。先祖が長く伝えてきた使命も彼女にとっては無価値なものなのかもしれないと、柊一は想像した。

彼にとってはすでに知った話でも、早紀子にとっては初めて明かされる謎である。彼女は大発見をした小さな子供のように盛んに瞬《まばた》きを繰り返している。

「じゃあ、ミイラたちが集めていた骨は？　城主の息子の？」

「当たり」

「どうして城主の息子はカタコンベに仲間入りさせてもらえなかったの？」

その言いかたがおかしかったのか、ほんのわずか、美也の唇が苦笑に歪《ゆが》んだ。それを視界の隅にとらえた柊一は、

（なんだ、笑えるんだ）

と密かに思う。

「若君は――洗礼名をじゅあんというのだけれど、彼の骨は聖遺骨として六つに分けられたの。そしてこの街を取り巻く六つの場所にそれぞれ隠されたのよ。ちょうど〈ダビデの星〉に

なるような地点にね」

「〈ダビデの星〉?」

「六つの頂点を結んだ星形の図形。世の中にいろいろある、聖なる形のひとつだとでも思って」

言いながら、美也は虚空《こくう》に指先で三角形をふたつ重ねた六芒星を描いた。

「どうして、そうまでして?」

「この土地はね、特別なの。ジガバチやサソリが這《は》い出してきたことからでもわかるでしょう。ああいったものがどんどん地上に噴《ふ》き出してこないように、彼らがいままでずっと守っていてくれたのよ……」

「御霊信仰と重なる部分があるよな」

得意分野に話が及びそうな気配を感じ取って、柊一が言った。

「強い怨霊を祀《まつ》りあげて神にする。あるいは、わざわざ怨霊を作り出して、それを守り神に転じさせる。毒をもって毒を制する。殉教者でもって土地の悪意を封じる。ああ、悪とは限らないか。霊的な力に満ち満ちている土地だから、布教の場として宣教師たちに目をつけられた。城下町としても栄えた。その力が澱《よど》めば、時として悪い形になって噴き出してもくる。カタコンベの五人が歩き出したのも、要は澱《よど》みが生じたからなんだろう?」

美也は柊一のほうを見ずに軽くうなずいた。

「時が流れるにつれ、かつての隠れキリシタンたちが施した守りはほころび始めた。いままでは、彼らの末裔《まつえい》である桜田家の者たちがなんとかしてきたけれど、今回のほころびは大きい。だから、五人の殉教者たちはもう一度、今度は自分たちの手でやり直そうとしている。そのために、若君の遺骨を集め直している。もうほとんど集めたはず。これから彼らが集《つど》う先が最後の場所よ」

「ほとんど集めたって、その情報はどこから入手したんだい？」

皮肉っぽく尋ねた柊一を、美也は無視した。やれやれ、と彼は嘆息した。

（どうせ、あの眼鏡あたりがどこからか監視していたんだろうけどね。ったく、桜田家の秘密主義ってのはどうも虫が好かない）

自分も秘密の組織の一員のくせに、都合の悪いことは頭から消し去って桜田家を心の中で非難する。

一方、早紀子はまだ瞬きを繰り返していた。よく話が呑《の》みこめていないのだろう。無理もないことであった。

「つまり、あのミイラはいいものってこと？　でも、わたし、いきなり腐れた汁ひっかけられたよ」

「彼らの邪魔をしなかった？　大声あげて威《おど》かしたとか」

ぐっと早紀子は言葉を詰まらせた。

「したかも……」

「そういうこと。いまはただ黙って見守ってあげましょう。死んだ者たちが施す再封印の儀式がうまくいくかどうかを」

まるで期待などこれっぽっちもしていないかのような物言いだった。孫娘のこの様子を見たらあの老婦人もきっと嘆かわしく思うだろうと、柊一は多季に同情した。

「で、その儀式が次の場所で行われるってわけか」

美也がどこに向かっているのか、もう彼にはわかっていた。すでに一度、そんな場所とは知らずにそこを訪れている。

坂道のむこうに現れた、ツタで覆《おお》われた石造りの教会。西沢《にしざわ》カトリック教会だ。

教会の中には明かりが灯《とも》っている。扉のすぐそばには、例の中年の神父が落ち着きのない様子で立っていた。彼は近づいてくる三人の若者たちに気づくと、露骨《ろこつ》にほっとした表情に変わった。

「桜田家の――」

神父は柊一と早紀子は無視し、美也に対してのみ深々と頭を下げた。美也は何も挨拶《あいさつ》を返さなかったが、神父は気にせずしゃべりだす。

「ご指示どおりに明かりはすべて灯しておきました。聖遺骨も祭壇に用意しておきました。これでよろしいんですよね。そうでしたよね」

桜田家の息がかかった人間だったのだろう。ミサのときとは違うおどおどした様子は、いかにも小物といった印象をぬぐえない。それにひきかえ美也は鷹揚《おうよう》に構え、自分よりもずっと年上の男を冷ややかに眺《なが》めている。

「そのとおりよ。あのかたがたは尊い殉教者。きちんと明かりをつけてお迎えしてさしあげないと」

「はい。おっしゃるとおりで」

「もういいわ。あとはわたしが」

「はい、はい、では」

神父は何度も頭を下げると、足早に自家用車に駆けこみ、この場から立ち去った。一刻も早く教会から離れたいとのあせりが伝わってくるようなあわただしい運転だ。

「行きましょう」

美也が教会の扉をあける。彼女のあとから柊一と早紀子が続いて、中へと入る。

教会に灯っている明かりは電気ではなく、ロウソクの火だった。祭壇の上だけでなく、要所要所に燭台《しょくだい》が飾られ、そのすべてにありったけのロウソクが置かれている。

ゆらゆらと揺れる明かりが、彩色されたマリア像を照らしている。祭壇の上部に飾られた木製の十字架、さらにその上のステンドグラスも自然の火から放たれる光を受けて、より一層荘《そう》厳《ごん》にきらめいている。

聖なる場にふさわしき、輝かしき光。だが、そこは同時にむっとするような異臭に満ち満ちてもいた。

薄暗い屋根裏部屋の饐《す》えたにおい、あるいは、カビの生えた古い革のようなにおいを、何十倍にもきつくしたよう。ロウソクの火で教会内の温度があがっているために、なおさら異臭は強烈さを増している。

そんな場所に、先客が五人いた。カタコンベにいたミイラたちだ。

祭壇の前で、彼らは何かを取り囲んでいた。その何かとは——もちろん、骨だ。

腕の骨、足の骨、胴体部、そして髑髏《どくろ》。合計六つのパーツがすべてそろっている。カタコンベから離れた五体のミイラたちは、それぞれが安内市をさまよい歩き、かつて仕えた主の骨を掻《か》き集めてきたのだろう。

集めた骨を前にして、ミイラたちは低くうめきつつ、立ち尽くしている。五つの影はロウソクの光に照らされて長く延び、ゆらゆらと黒い陽炎《かげろう》のように揺れている。

その光景といい、においといい、おぞましいとしか言いようがない。なまじ、場所が礼拝堂なだけに、グロテスクさがより強調されている。まともな神経の持ち主なら肝《きも》を潰《つぶ》して逃げ出しているだろう。あの神父が教会の中に入ろうとせず、美也が来るや脱兎《だっと》のごとく去っていったのもうなずける。

たった一体でも、五郎神社をあんなめちゃくちゃにできるほどの破壊力を秘めているのだ。

それが五体も集まっている。柊一もとても落ち着いていられなくて、自慢の鈴を守り袋代わりにぎゅっと握りしめた。

横を見ると、早紀子が口をきつく引き結んでミイラたちを凝視《ぎょうし》していた。御霊部としてそれなりに場数を踏んでいる柊一でさえ、圧倒されそうになっているのだが、彼女が感じている恐怖はもっと深いものがあるだろう。

いまさらだが、つれてくるんじゃなかったかと少し後悔した。しかし、こうなった以上、仕方がない。あとは無力な一般人を守れるよう精いっぱい努力するしかない。

「大丈夫だから」

自分自身に言い聞かせる意味もあって小声でそうささやくと、早紀子ははっとした様子で顔を彼に向けた。大きな目をぱちくりさせ、それから明らかに無理しているとわかる笑みを浮かべる。なんだかいじらしくなって、柊一も軽くうなずき微笑み返した。

(ちょっと元気よすぎる気もするけど、やっぱり、彼女も女の子なんだよな)

ささやかながらなごんでいたのに、柊一はふと妙な気配に気づいて視線を上げた。早紀子の隣にいる美也と目が合う。

あいかわらずの無表情。気のせいか、まなざしがいつもよりとげとげしい。なんだよ、と柊一が目に力を入れて睨み返せば、美也は無言でそっぽを向く。

嫌味のひとつも言ってやろうとしたそのとき、突然、ミイラたちが謳《うた》いだした。

最初こそ獣《けもの》のうなり声にしか聞こえなかったが、そこには確かにメロディがあった。よくよく耳を澄ませば、詞《ことば》も聞こえる。異国の、おそらくヘブライの詞だ。

わが魂よ　主を誉めまつれ《バラヒー・ナフシー・エット・アドナイ》

おんおんと腹の底に響くような低い声で、ミイラたちは唱和《しょうわ》する。その枯れた両手を広げ、腐臭を放つ口を大きくあけて。

礼拝堂の古い石壁が彼らの声を反響させる。ロウソクの無数の炎が、その振動を受けてより激しく揺れ惑う。

柊一は総毛だった。早紀子も同じらしく、身震いしている。美也だけが微動《びどう》だにしない。

わが内なるすべてのものよ《ヴェホル・ケラヴァイ》
その聖き名を誉めまつれ《エット・シエム・コドウショー》

ヘブライの言葉で綴《つづ》られる神聖な詠唱《えいしょう》。歌詞は異なっているようだが、前に北山霊園で美也が神霊を呼び出したときと状況的にはほぼいっしょだ。

では、彼らは神霊を呼び出そうとしているのか。その力で、ばらばらになったままの六つの骨を繋ぎ合わせ、六体目の死者を完全な姿にしようと試みているのか。

無理だ、と柊一は思った。

彼らは歌でもって神に呼びかけている。それが厚い信仰心に裏打ちされた真剣なものであることはわかる。だが、それだけで神霊が来るのかと問われれば、否《いな》と言わざるを得ない。

美也が謳《うた》ったときと受ける感じが決定的に違うのだ。

彼らの歌では神霊は来ない。これは悲しき、報《むく》われぬ祈り。せっかく集めた聖遺骨も、このままではただの古い骨でしかない。

柊一はそのことに密かに安堵していた。一体でさえ厄介《やっかい》だったミイラが五体もいるのだ、この上もう一体増えるなど、できればご遠慮願いたい。死体は速《すみ》やかに死体に戻り、最後の審判のそのときに天使がラッパを吹き鳴らすまで、おとなしく眠っていていただきたい。それが本音だった。

が、そんな願いを踏みにじるように、美也がすっと前に出た。

「小城さん？」

早紀子が声をかけても応えず、彼女はベンチの間の通路をまっすぐ祭壇へ向かって歩いていく。その先にはミイラたちがいて、報われぬ祈りを捧げている最中なのにもかかわらず。

何かやらかすつもりなのだろうかと柊一は息を詰めて彼女の背中をみつめた。もしもミイラが美也を害するようなら、すぐにも助けにいけるようにと手の中の鈴の感触を確かめる。

早紀子も固唾《かたず》を飲んで見守っている。何事かあれば飛び出していこうと思っているのだろう、身体がぐっと前に出ている。願わくば無茶な行動には走らないでいただきたいと、柊一は彼女を横目で見て思う。

靴音を響かせ、美也はベンチの間を歩き、ミイラたちのすぐ近くで立ち止まった。

その手がゆっくりとあがる。頭をやや後ろに反《そ》らして、彼女はいきなり謳いあげる。

わが魂よ　主を誉めまつれ《バラヒー・ナフシー・エット・アドナイ》
そのすべての恵みを忘るるなかれ《ヴェアル・ティシュケヒー・コル・ゲムラヴ》

礼拝堂にその声が力強くこだました。ミイラたちの詠唱を圧倒するほど力強く。

実際にミイラたちは虚《きょ》をつかれたように、数瞬、沈黙した。その隙を逃さず、美也はさらに謳いあげる。

主は汝の魂を墓から購い出し《ハゴエル・ミシャハット・ハヤイヒ》
慈しみと哀しみの冠を授けたもう《ハムアテレーヒ・ヘセッド・ヴェラハミーム》
汝の口をよきものにて満ち足らせ《ハマスビャア・バドヴ・エドウィエーフ》
かくて汝　鷲のごとく新たになるなり《ティトウハデシュ・カネシエル・ネウライヒ》

ミイラたちはもはや謳ってはいない。ただ低くうめき続けている。美也の邪魔をしようとはしない。むしろ、突然の乱入者の詠唱に耳を傾け、その声にこっそり合わせて独自の祈りを捧げているようにも見える。

その遠慮がちなうめきもやがて聞こえなくなり、美也の声のみがその場を支配する。その詠唱が異界を引き寄せてくる。

近づいてくる何者かの気配を感じ、柊一は手の中の鈴をじりっと転がした。その硬さを指先に強く押しつけることによって、自分を保とうとする。でないと引きずられてしまいそうだ。美也が呼ぼうとしているものは、それほどに強い。いったい何が来るのだろうと、柊一は畏《おそ》れをいだきつつ見守った。

そして、それは来た。

ひとの日々は草のごとく《エノシュ・ケハツィル・ヤマヴ》
その栄えは野の花のごとし《ケツィツ・ハサデー・ケン・ヤツィツ》
風吹かば失せて跡かたなく《キー・ルアハ・アヴエラー・ボ・ヴエエネーヌ》
その生い出でしところ　知る者もなし《ヴエロー・ヤキレヌ・オッド・メコモー》

祭壇の上のステンドグラス。そこに描かれた、オリーブの葉を咥《くわ》えたハトの白い胸が揺れ動いたような気がした。錯覚《さっかく》かと疑ったが、そうではなかった。

ハトの胸は、まるで呼吸をしているかのように波打っている。雪のように真っ白な翼も、輪郭が細かに震え始める。

然れども主の憐れみは永遠から永遠まで《ヴェヘセッド・アドナイ・メオラム・ヴェアッド・オラム》
主を畏るる者に至り《アル・イエレアヴ》
その義は子らのまた子らに至らん《ヴェツィドウカトー・リヴネー・ヴアニーム》

そして、ふいに――なめらかな曲線を描いた女性の身体がステンドグラスの白いハトに重なった。

両の乳房を剝《む》き出しにし、その下からは薄物をまとった女神。鎖骨《さこつ》の上には、金やラピスラズリや赤瑪瑙《あかめのう》を連ねた装身具が輝いている。肩にかかる癖《くせ》のない黒髪。頭上には、牛の角と日輪をかたどった大きな冠《かんむり》を掲げている。濃いシャドウをまぶたに塗った切れ長の瞳は、エジプトの壁画に見られるものそのままだ。

突如、降臨した女神に、早紀子は目を大きく見張った。

「なんで？　キリスト教の教会なのに、どうしてエジプト？」

同じ疑問は柊一もいだいたが、彼の場合、答えはすぐに弾き出せた。

「イシスか!? エジプトの大地母神、女王イシス……!」

美也の狙いを悟って、彼は低くうなった。

「なるほどね。そう来るか」

早紀子が理解できないといった表情で振り向く。

「何がなるほど? イシスってどういう神さまなの?」

「イシスはエジプトの有力な女神だよ。夫のオシリス神を邪神セトによって殺され、その遺体はばらばらに切り刻まれ捨てられてしまった。イシスは深く歎きつつも遺体を掻き集め、秘術によって復活させた夫と交わって、ホルス神を生んだ。そんな神話のエピソードから、イシスは死と再生をつかさどる者、貞淑《ていしゅく》な妻、偉大なる母と謳われている」

「切り刻まれた遺体って、まるで……」

柊一は早紀子の言いたいことを察してうなずいた。確かに、イシスの神話は今回の聖遺骨集めと重なる。きっと、美也はそれぞれのケースに応じて、呼び出す神霊を自在に選べるのだろう。

御使いたちよ《バラフー・アドナイ・マルアハヴ》
主の御言葉を聞き そを行う勇士たちよ《ギボレー・ホアハ・オセー・デヴァロー》

主を誉めまつれ《リシュモア・ベコル・デヴィロー》

女神イシスは慈愛のこもったまなざしでミイラたちと六つに分かたれた遺骨を見下ろしている。彼女は天と地の娘、もっとも高貴なる女神、死せる神をもよみがえらせた秘術の使い手。そのまなざしの魔力だけで、分断された骨を繋ぐことも可能だった。

五体のミイラに囲まれた古い骨が、誰も触れていないのにかたかたと動く。肩の関節が、両足の付け根が、かちり、かちりと重なり合う。

小柄な少年の骨だ。おそらく、元服前だったのだろう。キリシタンというせいで、どうしても天草四郎《あまくさしろう》とイメージが重なる。

ひとびとの祈りを受け、神の声を聞く美しい少年――

ふいに柊一は戦慄《せんりつ》した。もしかしたら自分は、とんでもない間違いを犯したのではないかという危惧《きぐ》が押し寄せてきて、息が詰まりそうになる。

桜田家の説明を聞いて、腹は立ったがミイラたちの動きを静観しようと思った。御霊で災いを封じるのと似たようなものだと思った。

だが、本当にそれでよかったのか。

じゅあんとやらの骨が連結して形を成し、他のミイラたちのように動き出したとき――何が起こるのだろう？　この胸騒ぎはなんなのだろう？

柊一はごくりと喉を鳴らし、唾《つば》を呑みこんだ。

強力な女神がそこに来ている。いまさら、復活の儀をやめさせることなどできそうにない。

しかし……。

わが魂よ《バラヒー・ナフシー・エット・アドナイ》主を誉めまつれ

そのとき、女神が降臨している祭壇の脇に、ひととも獣ともつかない影が走った。はっと気づいた柊一がそちらを振り向いた途端、祭壇に飾られていた、ひときわ大きな燭台《しょくだい》が風もないのに倒れた。

ロウソクもいっしょになって倒れ、炎が床に散る。と同時に、その上を少量の液体がしゅっと飛ぶ軌跡が見えた。

その瞬間、床上の火が爆発した。

一気に膨《ふく》れあがった火炎が、祭壇の前に立っていたミイラたちを呑みこんだ。

乾いていて、さぞや燃えやすかったのだろう。炎は五体のミイラと、繋がりかけていた少年の遺骨を包みこみ、巨大な火柱となってステンドグラスのそばまで立ちあがる。

女神イシスの姿は揺らめき、たちまち消え失せた。

神霊のいきなりの帰還が肉体的な衝撃をもたらしたのか、すぐ目の前に立ち昇った火柱にあおられたのか、美也は詠唱を途切らせて大きく後ろによろめく。

炎の中では、五体のミイラが苦しみもがいている。彼らの驚きと苦痛の咆哮《ほうこう》が教会中に響き渡る。

柊一も早紀子も呆然《ぼうぜん》とその光景を——神の宮で地獄の業火《ごうか》に焼かれていく彼らをみつめていた。

もはや手の施しようはない。五体のミイラも、もう少しで形を成そうとしていた若君も、激しく燃え盛る炎の中で消し炭と化そうとしている。火柱はさらに高く高く昇っていく。

その熱を受けて、ステンドグラスにぴしぴしと亀裂《きれつ》が生じ出した。

「危ない！」

柊一はあわてて美也に駆け寄り、腕を強く引いた。イシスを呼ぶのによほど消耗《しょうもう》したのか、彼女はふらふらと数歩歩いただけで膝から脱力してしまう。

早紀子が入り口の扉を大きくあけ、力いっぱい腕を振っている。

「早く早く！」

言われるまでもない。柊一は美也の腕を自分の肩に回し、礼拝堂の通路を一気に駆け抜けた。

外に飛び出そうとしたそのとき、ひときわ大きな音が教会内に響《ひび》き渡る。柊一たちは反射的に振り返った。

ステンドグラスが高温に耐えきれず砕け散ったのだ。

オリーブの葉を咥《くわ》えたハトが、明るい空と太陽と海が、細かなガラス片となって降り注ぐ。

白。緑。青。赤。黄。オレンジ。

さながら、虹が砕けて地に堕《お》ちていくよう。

炎はステンドグラスのかけらや十字架だけでなく、教会のすべてを燃やし尽くそうとする。

まるで煉獄《れんごく》がこの世に出現したかのごとく。

炎の勢いに圧《お》され、美也をかかえた柊一と早紀子は外へと逃れた。教会前の坂を転がるようにひた走り、傾斜が終わったあたりでやっと振り返る。

ステンドグラスの割れた窓から炎と黒煙が勢いよく噴き出し、三角屋根の縁をくるんでいる。ばちばちと音をたてて火がはぜる。盛んに散る火の粉は、まるでせわしないホタルの群れ。

巨大な一本の松明《たいまつ》と化して紅蓮の炎をあげ続ける教会を見上げ、早紀子が弱々しくつぶやく。

「どうして、火が？　まさか、まさか……ヤミブン？」

柊一は息を呑んだ。

まさか、祭壇脇を一瞬よぎったあの黒い影が——？

「まさか」

彼は即座に否定したが、その声は早紀子と同じくらい弱々しかった。

消防車のサイレンの音が遠く響いていく。

帰る客人を見送り、庭を横切って部屋に戻ろうとしていた多季は、池の手前で立ち止まった。

高台に建つ桜田家の庭先からは、赤く燃える夜空が見渡せる。火元がどこかも、そこからならば見える。

「まさか」

彼女らしくない震え声がその唇から洩れた。

「そんな——そんな、いま、あそこには——」

神聖な儀式が執り行われているはずと、彼女は知っていた。なのに、あの炎はいったいどうしたことか。

「裕樹！　裕樹！」

孫の名を呼びつつ、多季は家へと駆けこもうとした。が、その足が途中で止まる。

うっと息を詰まらせると、彼女は砂利石の上に片膝をついた。着物の上から胸をぐっと押さえる。たちまち息があがり、顔に汗が吹き出る。

胸が苦しくてたまらない。言葉はもはや出てこず、小さなうめきが洩《も》れるばかり。

「大奥さま！」

家政婦の悲鳴まじりの声が響いた。サイレンの音を聞きつけ、彼女は何気に外を見て、庭にいる多季をみつけたのだった。

「しっかり、しっかりなさってください！」

家政婦は動転してしまって声を張りあげるが、多季にはもう応える気力がない。

細い肩をあえがせて小さくうずくまった彼女の頭上で、雲の重く垂れこめた夜空は地上の火を映し、妖《あや》しく美しく輝いていた。

あとがき

ど……も。ここまで原稿を待ってもらったのは初めてかも……と、歯と歯ぐきの間から白い煙を立ち昇らせて横たわる瀬川貴次《せがわたかつぐ》です……。ぷしゅう。

この先もまだ嵐のような校正のやりとりとあとがき書きがあるんですが、真の意味で苦しみ本番なのは挿絵の星野《ほしの》さんであり、編集さんであり、印刷所のかたがたなのです。ほんに申し訳ない。いっそ呪《のろ》ってください。踏《ふ》んでください。許してくれとはとても言えませぬ。せめて、みなみなさまに幸多《さちおお》かれと願うばかりで――

ああ、いかん。高《たか》ボッチ温泉崖《がけ》ノ湯《ゆ》の露天《ろてん》風呂で、友人の幸世《ゆきよ》さま（仮名）から教えていただいたことを思い出すのだ。

「同人誌のフリートークでの話なんだけれどね。素晴らしい記述をみつけたんで、これはぜひ瀬川くんに教えなくっちゃって思ったの」

「何かね、それは？」

「『フリートークに愚痴《ぐち》など書くのは望ましくありません。失敗談やちょっといい話がいいでしょう』ですってよ」

「へえーっ。それ書いたひと、頭いいね。それって文庫のあとがきにも通じるよ。そっか、失敗談やちょっといい話か。教えてくれてありがとう、幸世さま！」

ちょっといい話……ちょっといい話……。

そう、あれはまた別の温泉に、幸世さまと泊まったときのこと——なんか、こう書くとしょっちゅう温泉にいっているようですが。というか、無類の温泉好きである幸世さまの誘いに乗ってほてほて出かけていくと、楽しいことにプラスしてあとがきネタにできそうな哀《かな》しくつらいことも必ずついてくるような。まっこと、禍福《かふく》はあざなえる縄のごとしでございます。

そのお宿、お部屋はあんまり広くなかったけれど、わざわざ訶梨勒《かりろく》（壁掛けタイプの室内用においい袋）が吊《つ》り下げられていて、古風な香りをゆかしく放っており。ました。そんでもってクローゼットをあけると、また新たに漂う香り。そこにも普通の小さいにおい袋が吊《つ》り下がっていたのです。

（悪いにおいじゃないんだから別にいいけど……まさか、この部屋、なんかあるとか？）

と、ちっとばかし怪《あや》しんでいたら、幸世さまも、

「ここまでされると何かあるのかと勘ぐりたくなるわね」

「はっはっはっ。まーさか」

そんな会話をしたことはしたんですが、やがてすっかり忘れ果て、温泉にゆっくりつかった

りホタルを見に行ったりして、のんびり楽しくすごしていました。

で、夜もふけて。わたしゃ疲れていたせいもあって、まだわりに早い時刻にもかかわらずすっごく眠くなってきまして。幸世さまとお話していても睡魔《すいま》で頭がぼーっとしてるもんだから、どんどん会話が支離滅裂《しりめつれつ》になってくるんですね。

「ああ、もう駄目《だめ》だ……。眠いよぉ」

「じゃあ、わたしも寝るわ。ちょっと歯を磨《みが》いてくる」

「ごめんよぉぉ」

そして、わたしはばったりと布団《ふとん》に倒れ、幸世さまは隣の部屋に歯を磨きに行ってしまったのですが……実はその後も、わたくし、誰かとずっとおしゃべりをしていたんです……。

何をしゃべっていたのかは、頭、朦朧《もうろう》としていたので不明。きっと、どうでもいいことを脈絡もなく、ぐっちゃぐっちゃと語っていただけなんでしょうけどね。かろうじて、わたしが覚えているのは、

「そんでさー、ジプシーキングスの歌がさー。たららたらんら〜ん♪」

鬼平犯科帳《おにへいはんかちょう》のエンディングテーマを口ずさんでいたら、そのかたはちょっと笑いを含《ふく》んだ静かな声でおっしゃいました。

『そんな歌、歌ってると、幽霊が出るよ』

「いやーん。もう、幸世さまったらそんなこと言っちゃ……」

突如《とつじょ》、我に返ったわたしは、がばりと身を起こしました。気づいてしまったのです。

（いま会話してたの、幸世さまじゃ、ないっ！）

部屋にいたのはわたしだけ。幸世さまは襖《ふすま》を隔《へだ》てた洗面所でしゃかしゃかと歯を磨いている最中。では、では、寝ぼけているわたしの話し相手をしてくれていたひとは誰？　わたしは勝手に幸世さまと話しているつもりになっていたけど、あのひとは、窓辺に正座していた長い髪の、白地に小花柄のワンピースを着ていたあの女のひとは、誰じゃいな!?

ぞっとしました。眠気、いっぺんに吹っ飛んでしまいました。夢に違いないと思っても、怖いモンは怖い！

歯を磨き終えて戻ってきた幸世さまに、わたしゃ言いましたよ。

「あのさー、幸世さま、もう寝ちゃう？　わたし、なんだか目がさめちゃってぇ。もうちょっと話していたいなぁなんてね。わっはっはっ」

このままじゃ眠れない、でも打ち明けるのも怖い。そんな気持ちをひた隠しにして幸世さまを引きとめ、また話すこと二時間あまり。

（よっしゃ。これなら目をつぶった途端にぐっすり眠れそうだ）

となった頃を見計らい、布団に入っておやすみなさーい。目論見《もくろみ》どおりにわたしはすぐさま眠りに落ち、夢も見ずに熟睡《じゅくすい》できました。そんでもって朝になってから、

「いやはや、昨日の夜は怖くて言えなかったんだけど、これこれこういうことがあってねえ。

でも、絶対、夢だと思うんだ。わたし、めちゃくちゃ寝ぼけてたし」

そう打ち明けたらば、幸世さまいわく、

「実はね。瀬川くんが眠ってしまったあと、わたしはしばらく目が覚めてたんだけど。そうしたら、真っ暗な中で誰かのため息みたいな声が聞こえてきたのよ」

「な、なんですと!?」

「瀬川くんが寝ているのとは反対側の壁のほうから、『ふうっ……』って声が。気のせいかもと思ったんだけど、念のために」

「念のために、どうした!?」

「『念彼観音力《ねんぴかんのんりき》』を唱《とな》えたわ！」

「電波……？」

「『念彼観音力』よっ！　法華経《ほけきょう》に出てくるありがたーい言葉で、これを三度唱えれば崖《がけ》から落ちても大丈夫と伝えられる、霊験《れいげん》あらたかなお言葉なのよ!!」

「……はあ……」

崖から落ちても大丈夫とは、そりゃまた法華経も大風呂敷を広げたもんです。でも、おかげでわたしも彼女も無事に温泉を旅立てました。

ほぉら、ちょっといい話——か？

それはさておき、今回も萌《もえ》がたくましく妄想《もうそう》しております。学生時代、瀬川は文芸部に所属していたけれど漫研に友人が多く、彼らとの思い出が『聖霊狩り』にはけっこう反映されているような気がしますね。ボーイズ・ラブの愛読者も漫研に多かったしな……。わたし自身は特に好きでも嫌いでもなくて、野次馬的に楽しんでいるだけですが。間違ってもボーイズ・ラブの執筆依頼はこないでしょうし。書いたところで異種格闘技大会みたいな描写になってしまうってばさ。たとえば、

「あ、綾小路《あやのこうじ》部長、今夜も残業なんですか」

「おお、勅使河原《てしがわら》くんか。きみもまだ新入社員なのに、こんなに遅くまで大変だねえ」

「いえ……。それより、部長。ぼく、部長にお話したいことが――」

「なんだね？　借金の申し込みなら勘弁《かんべん》してくれたまえよ。あっはっはっ」

「部長……ぼく、実は小学生のときに父親を亡くしてしまって。そのせいか、部長くらいの年代の男性に密かに憧《あこが》れていたんです」

「て、勅使河原くん？　それはいいが、どーしてオフィスの鍵をかけるんだね？」

「部長がおしぼりで首の後ろの汗を拭《ふ》いたり、太鼓腹を撫《な》でながら爪楊枝《つまようじ》をチッチッと鳴らしているのを見ていると……こう、胸がキュンとして……せつなさ爆裂で……」

「勅使河原くん？　なんだかわからんが、そんな思い詰めた顔をして近づいてこないでくれたまえよ。怖いじゃないかね。はは、は、ははは」

「綾小路部長。どうか……どうか、パパンと呼ばせてください！」

「勅使河原くん、落ち着け、落ち着きたまえ！」

「パパン！　パパーンっっ!!」

「ぐわあああああ」

……南無阿弥陀仏《なむあみだぶつ》、南無阿弥陀仏。念彼観音力、念彼観音力。あ、念彼はもう一回唱えなくっちゃ。

やっぱり、これじゃ駄目だろうにゃあ。いや、別に駄目でよいのです。綾小路部長と勅使河原くんの華麗《かれい》なる軌跡《きせき》を書いてくれとか言われたら、非常に困る。って、絶対言われないな。わっはっはっ。

さてさて、こんなふうに原稿あがったばかりでまだぬわぁんも考えられない状態ではありますが――次もコバルトで『聖霊狩り』を書くのか？　『暗夜鬼譚』はどうなるのか？　特に後者は心配してくださっているかたも多いでしょうけれど……。

ごめんなさい。現時点ではまだわかりませぬ。少し眠らせて。ぐう。

でもなあ、続きを書かせてもらえそうになかった『闇がざわめく』も、どうにかしたいんだとあれやこれや策を練り練りしたあげくに、「飛鳥井《あすかい》少年を主人公にして、あのキャラたちとあの土地を使うって展開はどうですか？」と持ちかけたら、編集さんからオッケーもらえたもんなぁ。かくして『聖霊狩り』が誕生したのでありましたよ。「暗いと不平を言うよりも、進んで明かりをつけましょう」ってか？

すべての努力が実を結ぶはずもない。そこまで甘くはない。だけど、トライできそうなことは駄目モトでやってみましょうや。思わぬ形で実現することもあるさ。

それではまた。おやすみなさい。たららたらんら〜ん♪

『そんな歌、歌ってると……』

ひいいいいいっ!!

平成十三年八月

瀬川貴次

この作品のご感想をお寄せください。

瀬川貴次先生へのお手紙のあて先

〒101—8050　東京都千代田区一ツ橋2—5—10
集英社コバルト編集部　気付
瀬川貴次先生

せがわ・たかつぐ

1964年7月25日生まれ。獅子座、B型。ノベル大賞の最終候補に残ったのがきっかけで、スーパーファンタジー文庫よりデビュー。著書は同文庫に、『闇に歌えば』シリーズ、『暗夜鬼譚』シリーズ、『闇がざわめく』コバルト文庫に、『聖霊狩り』シリーズなどがある。ゲームセンターで試した占いによると、前世はヒマラヤ高地に棲息する穴ウサギ。しかし、ウサギ肉が好物で、ペットコーナーで愛らしい彼らを眺めていると、よだれが止まらない。

聖霊狩り
さまよう屍《かばね》

COBALT-SERIES

2001年9月10日　第1刷発行
2002年4月30日　第2刷発行

★定価はカバーに表示してあります

著者　瀬川貴次
発行者　谷山尚義
発行所　株式会社　集英社
〒101−8050
東京都千代田区一ツ橋2−5−10
電話　東京　(3230) 6268（編集）
(3230) 6393（販売）
(3230) 6080（制作）

印刷所　凸版印刷株式会社

ISBN4-08-600006-7　C0193